KB172433

그들의 문학과 생애

한국문학평론가협회 | 한길사 공동기획

그들의 문학과 생애

조명희

이명재 지음

한길사

그들의 문학과 생애

조명희

지은이 · 이명재

펴낸이 · 김언호

펴낸곳 · (주)도서출판 한길사

등록 · 1976년 12월 24일 제74호

주소 · 413-756 경기도 파주시 교하읍 문발리 520-11
www.hangilsa.co.kr
E-mail: hangilsa@hangilsa.co.kr

전화 · 031-955-2000~3 팩스 · 031-955-2005

상무이사 · 박관순 | 영업이사 · 곽명호
편집 · 박희진 박계영 안민재 이경애 | 전산 · 한향림 | 저작권 · 문준심
마케팅 및 제작 · 이경호 | 관리 · 이중환 문주상 장비연 김선희

출력 · 지에스테크 | 인쇄 · 현문인쇄 | 제본 · 성문제책

제1판 제1쇄 2008년 1월 31일

값 15,000원
ISBN 978-89-356-5985-2 04810
ISBN 978-89-356-5989-0 (전14권)

• 잘못 만들어진 책은 구입하신 서점에서 바꿔드립니다.

• 이 도서의 국립중앙도서관 출판시도서목록(CIP)은
e-CIP 홈페이지(http://www.nl.go.kr/cip.php)에서 이용하실 수 있습니다.
(CIP제어번호: CIP2008000343)

배고픈 고통 앞에 무슨 고상한 사상이고 이상이고가 있겠느냐? 제 양심의 비위짱이 틀리는 마당에 세상이고 무엇이고가 있겠느냐? 지금 나는 내가 이 발가숭이 빈껍데기 사람으로 된 것이 도리어 영광으로 생각된다. 다만 밥과 양심, 이것만 위해서 싸울 따름이다. 그 끝으로 어떤 광명이 올는지, 암흑이 올는지 그것도 모르겠다. 다만 싸워갈 뿐이다.

.... 조명희, 「단문—나의 현재」

머리말

그러니까, 1960년대 당시만 해도 우리 사회에서 경원해오던 포석 조명희의 문학과 삶에 필자가 남다른 관심을 갖기는 대학원생 시절부터였다. 그것은 포석이 신문학 초기부터 두드러진 극작가 · 시인 · 소설가였다는 이유에서 뿐만이 아니다. 그는 시종 궁핍하고 암울했던 식민지시대를 살아온 카프 진영의 대표적 항일문인이요, 망명 이후의 수난시대를 통틀어 굽힘없이 응전해온 민족작가로서의 전형이기 때문이다. 일찍이 한반도에서 태어나 살다가 현해탄을 넘나들며 일본에서 치열하게 문학활동을 하던 그는 마침내 러시아로 건너가 구소련 지역 고려인들에게 한글문단의 씨를 뿌리고 싹 틔운 민족문학의 선구자인 것이다. 따라서 조명희야말로 예의 분단시대에 납북되거나 월북한 여느 문인 못지않은 문학사적 위상을 지니고 있다.

그래서 마침 해당 문인에 대한 평전을 청탁받고 일 년 이내로 탈고하려 계획했었다. 하지만 워낙 처음 쓰는 평전인데다 폭넓은 자료 수집과 답사만으로도 벅차서 예정보다 집필 기간이 몇 곱절 더해서 여러 해 넘게 미루어졌다. 일찍이 소련에 망명한데다 자료 섭렵마저 터부시되고 묘연한 포석 연구의 특수성을 핑계댈 수도 없는 처지였었다. 덕분에 그동안 필자는 조명희의 전집과 학술논문도 써서 포석 연구의 밀도감을 더하는 성과도 없지 않았다. 러시아 연해주에서 한 학기 강의하며 포석의 발자취가 깃든 신한촌이나 하바로프스크 등을 답사했었다. 또한 중앙아시아의 알마타와 타슈켄트 현지를 세 번 답사하여 그곳에 사는 포석의 후손인 조선아나 김안드레이 교수와 면담도 가졌었다.

그런 과정에서 대상 작가의 거의 모든 작품을 서너 번씩 정독하고 메모했지만 예상외의 수난도 겪었다. 그 자료들을 예사롭지 않다고 여겨질 만큼 행방묘연하게 세 번이나 분실한 사건 등이 그것이다. 그야 물론 집필에 집중력 없이 오래 끈 필자 자신의 불찰이겠으나 전에 없이 불가사의한 일이라서 별의별 생각이 다 들었음도 사실이다. 한두 해만 모국에 더 머물러 많은 업적을 남기고 늦게 망명했더라면 하는 포석 자신의 회한이 작용했던 것일까 싶기도 했다. 더구나 그곳 소련에서 백조의 노래처럼 집필했던 회심의 장편 두 작품 원고를 꼭 찾아내서 그야말로 정성 깃든 평전을 완성하라는 계시에서였을까.

이런 처지에서 수차 포석의 태생지인 충북 진천에 찾아가 면담하고 서울 관계 신문사 등의 여러 자료실을 드나들며 다시 보충하고 꿰맞춰서 정리한 게 이 원고이다. 이 과정에서 몇 작품을 새로 발견하고 해적이 등도 바로잡을 수 있었다. 그런 만큼 이러구러 집필 삼사 년에 걸친 이 글이 필자에게는 더 기념된다 싶고 남다른 애착도 간다. 그럼에도 아직 마음에 켕기는 점은 남아 있다. 적어도 딴은 가능한 대로 사실에 근거해서 쓰려 했으나 불확실한 부분에선 행여 대상 문인 자신과 주위분들께 누가 될세라 조심스러웠다.

내용 가운데 자전적인 작품을 많이 인용했는데 이는 '글이 곧 사람'이라는 뷔퐁의 견해나 텍스트 중심의 신비평적 접근에 따른 것이다. 또한 포석과 교분이 있었던 사람들의 회고담이나 친 · 인척의 증언을 자주 인용했던 점 역시 전기적 방법을 곁들인 결과임을 이해해주기 바란다. 더불어 다소 소설적인 요소를 가미한 접근은, 포석 연구에는 이런 보편성과 역사적 개연성이 긴요하다고 보아서였다. 주객관적인 요소가 조화를 이뤄야 할 평전쓰기는 특히 포석처럼 특수한 경우에 소설쓰기보다 갑절 어려운 고충이 있을 수밖에 없다고 느꼈다. 그럼에도 대학에서 정년한 후에 처음 컴퓨터 작업으로 펴내는 이 책이 필자에게는 유일한 평전일 것 같아 나름대로 정성을 쏟았음을 밝혀둔다.

아무쪼록 새로운 조명 속에 시베리아 하늘 높이 큰 별로 떠서 한반도와 세계에 민족문학의 빛을 발하는 작가 조명희의 명복을 빈다. 그동안 빼저린 고독과 고초를 겪은 유족들에게도 이 평전이 다소 위안이 되었으면 한다. 그리고 이 평전을 쓰는 데 여러 자료를 전해주고 조언해준 김홍식 교수 · 민병기 교수 · 조성호 사백께 감사한다. 또한 원고 입력을 도와준 제자 김낙현 군 · 한승우 양, 그리고 사랑하는 경아에게 고마움을 표한다. 아울러 이 평전을 쓰도록 기회를 준 한국문학평론가협회와 문화관광부의 배려에도 감사한다. 특히 모처럼 규모 있는 납월북 내지 망명문인 평전을 만들면서 꼼꼼히 교정 · 편집하느라 수고한 한길사 실무진의 노고를 잊을 수 없다.

끝으로 독자들께서도 45년 한평생을 시종했던 수난 속에서 몸바쳐 올바른 민족문학의 화신으로 거듭난 이 선구적 작가와 진중한 대화를 나누기를 기대한다. 포석 조명희야말로 언젠가는 휴먼 다큐멘터리 영상으로도 여러분 앞에 다가설 수 있는 국제화시대 한겨레 통일문학의 큰 모델이라고 믿기 때문이다. 해마다 맞는 칠석을 지나쳐버리고 있는데 적어도 포석의 러시아 망명 80주년과 작고 70주기가 되는 2008년에는 그 뜻과 업적을 보다 깊고 새롭게 새겼으면 한다.

포석 러시아 망명 79주년째 겨울에,
역삼동 국외한인문학 연구실에서,
이명재

조명희

고향 숫골의 품 안에서
—1894년부터 1919년까지

구한말, 난세에 태어나다

포석(抱石) 조명희(趙明熙)는 국난 속의 한반도에 외국의 전쟁 회오리와 개화바람이 섞여 불던 구한말 갑오년 여름에 태어났다. 1894년 초부터 가렴주구의 탐관오리를 지탄하던 호남 벌에서 녹두장군 전봉준을 앞세운 동학농민군이 일어나, 한반도 서남부 여러 지방의 관군을 무찌르고 각 현의 관아들을 점령하며 혁명의 깃발을 날리고 있던 무렵이었다. 당시 다급한 조선 조정과 교감한 청·일(淸日) 양국에서 출병한 군대들이 조선 땅에서 주도권을 놓고 각축전을 벌이던 와중에 조선의 김홍집 친일 내각은 갑오경장(甲午更張)으로 개화 정책을 펴가고 있는 중이었다.

조명희는 바로 그해 무더운 계절에 충북 진천군 진천읍 벽암리 숫골(수암) 마을에서 양주 조씨(楊州趙氏) 가문의 부친

조병행(趙秉行, 1825~98)과 연일 정씨(延日鄭氏) 사이의 4남 2녀 가운데 막내아들로 출생한 것이다. 당시 본적이던 관할 면사무소의 호적에는 조명희 생일이 1894년 6월 16일로 되어 있으나 소련과학원에서 출판된 『조명희선집』(1959년판)에는 그의 생일을 그해 8월 10일(음력 6월 26일)로 자세히 적어놓고 있다. 또한 『북한문학사』에는 조명희 출생을 이기영보다 2년 앞선 1892년으로 표기하고 있는 등 그의 생일은 통일되어 있지 않다.

당시 칠순에 이른 아버지는 육남매의 막내로 태어난 늦둥이 아들을 칠석이란 애칭으로 불렀다. 그 애칭이 자(字)인 경덕(景德)이나 명희(明熙)라는 족보와 호적 이름보다 더 좋았던 모양이다. 칠순 아버지에 육남매의 막내란 뜻으로 칠석이란 이름으로 불려졌을 성싶다.

포석[1]이 태어나 자란 고을은 흔히 '살아서는 진천에서 살다가 죽어서는 용인에 묻히고 싶다'(生居鎭川 死居龍仁)고 할 만큼 살기 좋은 고장이었다. 한반도 13도 가운데 유일한 내륙지방인 충청북도의 진천군은 차령산맥 자락을 타고 내려온 충북 서북부에 자리한 지리적 요지이다. 이 고을은 동쪽으로 충북 괴산군, 음성군, 서쪽으로 충남 천안군, 남쪽으로 충북 청원군, 북쪽으로는 경기 안성군에 인접하며 다양한 교류를 이루는 요건도 지니고 있다. 특히 진천군을 젖줄처럼 길게 흐르는 미호천(美湖川) 유역의 진천 들, 덕산 들, 이월 들에 이어진 진천평야는 맛좋은 진천 쌀의 곡창을 이루고 있는 것이다.

그런데도 정작 포석이 태어나 성장하던 당시의 사정은 으레 짐작하는 경우와는 다른 처지였다. 옛 조상이 농사를 짓거나 높은 벼슬을 하던 시절과는 사뭇 달랐다. 구한말 이후 세도 있는 벼슬아치직에서 물러난 청백리 양반집의 처지 그대로였다. 사람들은 예전에 삼국통일을 이룬 김유신 장군 태생지이기도 한 이곳 진천은 한반도의 정기를 받은 고장이라고 자랑이지만, 그 무렵 실제의 운세는 미약한 듯싶었다.

흔히 대가집은 망해도 여러 해 먹고 살 재산이 남아 있다고 말하지만, 이 집안 살림은 청백리 내력이라 쉽게 도무지 여유가 없어 보였다. 진천들 초입께에 남은 문전옥답 스무 마지기와 큰 선산 쪽으로 경작하는 열댓 마지기 밭농사는 포석의 둘째 형 내외와 포석 어머니 농사일거리로 빠듯한 처지였다. 그런 살림터수라서 어린 포석이 자라던 집은 기울어져 가는 선비 집안의 상징처럼 농촌지역의 커다랗고 허름한 기와집일 뿐이었다.

하지만 그 집안 내력을 따져보면, 팔도에 자랑할 만한 고장의 명문가계였다. 조선조 말엽에 양주 조씨 20세손인 그들 형제가 이조판서와 진주목사 등을 지낸 형님들에 이어서 조명희의 부친도 큰 벼슬을 지냈다. 일찍이 열두 고을의 지방관을 거친 그는 탐관오리들이 날뛰던 한때 여러 지역의 부패관료들을 척결하는 책임도 맡은 바 있다. 그는 오랜 세월에 걸쳐서 그런 권력을 행사했음에도 대원군 집권 당시 청백리상(淸白吏賞) 표창까지[2] 받았을 정도로 청렴했다고 전한다.

이런 포석의 부친은 나중에 인동부사(仁同府使) 벼슬을 끝으로 병인년(1866)에 관직에서 물러나고는 한양의 장흥방을 떠나 선친들이 벼슬로 인연을 맺어온 충청도 진천 고을에 내려와 살고 있는 터였다.[3] 산수가 빼어나고 인심 좋아 살기에 적합한 향촌에 칩거하면서 구한말의 흉흉한 정세를 지켜보며 자녀들 키우기와 훈도에 전념하던 선비(조병행)에게 막내아들은 더없는 귀염둥이로서 한 집안의 사랑과 기대를 독차지했다. 퇴락해가는 집안의 가장으로서는 과거 고관대작을 지낸 조상들보다는 앞으로 집안을 세워나갈 자녀교육에 각별한 관심이 쏠렸던 것이다.

그래서 칠순 아버지는 사랑방에서 흰 두루마기 차림으로 어린 아들을 어르면서 곧잘 다짐하듯 말하곤 했다.

"칠석이 이 녀석, 자알 커야 헐 텐디 말이다. 으음…… 그렇지? 암, 그렇고말고……."

사실 조명희 부자대(父子代)의 가계를 보더라도 양주 조씨 문강공파(文剛公派) 가운데 장육당공파(藏六堂公派)의 후손들은 출중하다. 그럼에도 노년의 어른 마음에는 가세가 기운다 싶어 걱정이었던 것이다. 족보의 통례상 여자형제를 제외하고 남자형제의 관계를 알기 쉽게 살펴보면 다음과 같다.[4]

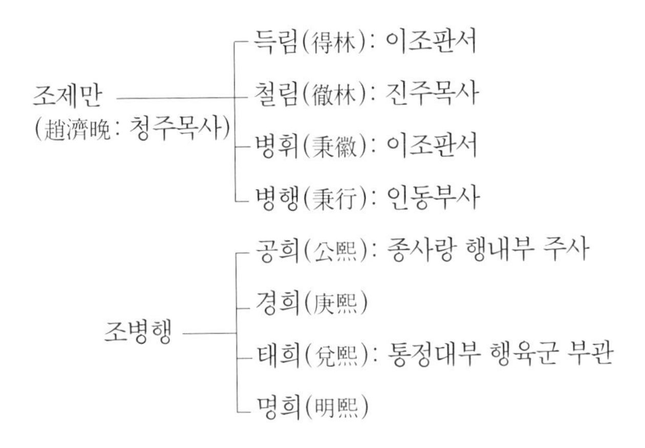

조선시대 후기에 청주목사를 역임한 칠석의 조부 조제만(1775~1839) 아래로 큰아버지 두 분은 이조판서 벼슬까지 지낸 바 있다.

양주 조씨 가문에 시집온 포석의 모친 역시 좋은 집안 태생이다. 경주 이씨 · 평산 신씨와 더불어 생거진천의 삼대호족인 연일 정씨의 후손이다. 그녀는 공희의 생모(평산 신씨)에 이어서 명문의 가통을 계승하려 힘써온 부덕(婦德)의 소유자였다. 처음부터 세도 있던 양반집에 들어온 귀한 마님이기보다 기울어가는 가세 속에서 나이든 선비 지아비를 섬기면서 육남매 자녀를 키우기에 여념 없던 주부였다. 이복의 장남을 보살피는 한편 손수 낳은 세 아들과 두 딸을 돌보며 살림하느라 힘겨웠던 것이다. 말하자면 연일 정씨는 구한말 이래 세도가 기울어가는 양반집의 그늘에서 묵묵히 농사일과 살림에 파묻혀 지낸 전형적인 한국의 어머니였다.

포석의 형제들 역시 당시로서는 낮지 않은 벼슬길에 들었지만, 개화기에 접어들어 가치관이 바뀌고 국권도 상실된 판이라 예전과는 사뭇 다른 편이었다. 맏아들인 공희[5]만 하더라도 구한말 종사랑(從仕郎)이라는 문관직을 지냈는데 그만 스스로 물러났다. 그리고 포석의 바로 위 형(태희)은 한때 강화도 포대 소속 장교와 육군부관인 무관을 거쳐 나중에는 당상관 문관직에 추존된 인물이었다.

다만 이 집안에서 아쉬운 바는 조명희의 네 형제 가운데 맏형과 둘째 형이 대를 이을 후사(後嗣)를 출산하지 못했다는 사실이다. 공희는 평소 장손으로서 대를 이을 소생 자녀가 없음을 아쉬워하면서도 대범하게 지내왔다. 공희는 일찍 장가들어 한동안 벼슬아치로 지내다가, 구한말 이후 한때 근무지였던 전북 익산의 주졸산에 들어가서 글을 벗 삼고 처사의 삶을 보냈다.[6] 그 사이 부부가 함께 금실 좋게 지냈음에도 끝내 자녀를 낳지 못하고 부인이 먼저 세상을 떠났던 것이다. 그래서 집안 합의에 따라 셋째 태희의 큰아들인 중흡(重洽)을 양아들로 족보에 올리고 재산도 상속시켰다.

둘째 경희 또한 부인 전의(全義) 이씨와 오랫동안 고향집을 지키며 재산관리를 해왔다. 그는 맏형(공희)이 3·1운동 전해 겨울 고향집으로 돌아오기 전에는 후손을 보기 위하여 노력했지만 어쩔 수 없었다. 그러다가 나중에 맏형이 집에 돌아와 재산을 관장하게 된 이후에는 처가인 전의와 가까운 대전에 내려가 살았다. 하지만 끝내 자녀를 두지 못하여 아래 동생(태희)의 둘째아들 중협(重浹)을 양자로 삼아 친자식처럼 공부시키고 키웠다. 그래서 후에 당당한 교육자로 만들고 그 자제들 또한 문인으로[7] 활동하도록 덕을 쌓은 셈이다.

따라서 포석의 네 형제 중에는 실제로 삼남인 태희(1880~1948)가 아들 형제, 막내인 명희가 아들 네 형제를 두어 양주 조씨 가문을 지켜나가고 있었다고 볼 수 있다. 그중에서 사실상 친아들 형제(중흡과 중협)를 형님들의 양자로 보낸 태희 씨는 정작 외로워했다고 한다. 진천 나들이 때는 여러 졸병과 함께 오고, 작은부인도 여럿 거느린 그 호방한 생활[8] 가운데서도 그는 자주 불만을 토로하며 술로 달래느라 많은 가산을 탕진했다고 전한다.

그런가 하면 포석 조명희는 처음엔 무관으로 들어설까 하여 다소 방황했지만, 결국은 선비로서 문학의 길로 나아가 새로운 문화인으로 입신한 가계의 개척자가 된 셈이다. 비록 가난한 삶일지라도 대대로 부귀를 누려오던 조상들의 관직에서 벗어나서 문사의 업을 스스로 선택한 것이다. 포석의 셋째 형(태희)의 두 아들 경우도 그 뒤를 이은 후계자들이라 볼 수 있다. 즉 포석의 조카인 중흡 역시 관직보다는 포석의 뒤를 이어 문학의 길을 택하였다. 그가 바로 신문학의 시인 가운데 한 사람인 조벽암(趙碧岩)[9]으로서 교육자인 동생(중협)에 앞서 분단시대 문단의 중심부에서 활동해왔다.

포석에게는 형들 외에 손위의 두 누이가 있었는데 일찍 출가하여 좋은 가정을 이루던 것으로 보인다. 포석의 형제 4남 2녀 가운데 세 번째인 큰누나 오얏골댁은 안성에 있는 유씨 댁으로 출가하여 여러 자녀를 둔 것으로 알려졌다. 다섯째인 작은누나 오산댁 역시 한약방을 하는 이씨 댁으로 출가하여 잘 지냈다고 전한다.[10]

벽암리의 느티나무 동산에서

이런 양주 조씨 집안의 막내 늦둥이 아들로 자란 칠석은 어린 시절 한동안 평화로운 나날을 보냈다. 할아버지처럼 흰 수염을 기르고 늘 사랑채에서 손자 같은 막내아들을 어르곤

하던 아버지 손길과 어머니의 포근한 품속에서 철부지 귀염둥이로 자랄 수 있었다.

춘삼월이나 가을걷이 무렵이면 어머니는 막내아들 손을 이끌고 가까운 논밭에 데리고 다녔다. 채마밭에서 상추·마늘의 김을 매거나 콩과 조를 추수할 때면, 밭두렁 가에서 노랑나비·흰나비·고추잠자리를 쫓으며 노는 칠석에게 민요 가락도 들려주었다.

"새야, 새야, 팔왕새야. 녹두밭에 앉지 마라. 녹두꽃이 떨어지면 청포장수 울고 간다."

구슬프면서도 흥겨움을 자아내던 이 노래는 어린 가슴에도 아련하게 와 닿곤 했다. 동학혁명 때 유행하던 민요였는데, 어머니에게는 친정 오라버니를 생각나게 하는 노래였다. 어머니의 오빠는 막내아들을 낳던 해 여름 전라도 땅에서 일어나 전국으로 들불처럼 번져오르던 동학혁명의 불길을 잡으려다 오히려 농민군들에 붙잡혀 숨을 거두었던 것이다.

칠석이 어릴 적에 어머니의 친정으로 외할아버지 제사를 모시러 간 일이 있었다. 막내 손을 잡고 읍내 장터를 지나던 어머니는 한참을 걸어 안쪽 구석으로 들어갔다. 오일장이 선 장터는 어수선하게 붐비고 있었다. 흰 천으로 차일을 친 가게 옆으로는 붉게 익은 석류 열매며 대추·감들이 푸짐하게 진열된 채 손님을 기다리고 있었다.

그런 장터 길 한 모퉁이에서 어머니는 발길을 멈추었다. 길가에다 좌판을 벌인 채 사람 얼굴 등에 사마귀가 난 그림을 펴놓고 있는 관상쟁이 할아버지 앞이었다. 단골인 듯 어머니를 향해 알은체를 하던 할아버지는 수염을 쓰다듬으며 한마디했다.

"허, 고 녀석! 관골도 또렷허고 눈빛도 맑다마넌…… 아무래도 그 말넌 턱 끄트머리가 영판 날카롭구나……."

어머니는 그 말에 평소 미신타파해야겠다고 성공회(聖公會)에 다니던 자세와 다르게 막내아들의 음력 생년월일을 댔다. 누런 만세력을 뒤지며 괘를 풀어낸 관상쟁이 할아버지가 내민 당사주책 그림을 본 어머니 표정이 잠시 굳어지는 듯 보였다. 그러다가 이내 은근한 웃음으로 변했다. 어머니가 아들한테 내민 책장에는 남녀 모습이 투박하게 그려져 있었다. 붉은 기와집 지붕 아래 녹색 사모관대를 한 채 책상 위에다 책을 펴놓고 앉은 한 남자 앞에 노랑 족두리를 얹은 두 여자가 나란히 고개를 숙이고 앉아 있었다. 무안한 듯 재빨리 셈을 치른 어머니는 성공회의 베드로 신부한테 꾸중 듣겠다며 걸음을 재촉했다. 한길로 나서자 어머니는 아들 손에 누런 갱엿 한 조각을 쥐어주며 말했다.

"우리 귀골 막둥이, 대장부 큰 인물은…… 사람들도 여럿 거느리는 것이니께…….”

칠석에게 자상하기로는 손위의 두 누나들도 마찬가지였다. 봄철이면 집 앞의 느티나무 새잎도 따고, 예의 벽암리(碧岩里)라는 동네 이름에 걸맞게 집 옆의 푸른 빛깔이 나는 청강석 바위자락 너머 언덕 위로 누나들 손을 잡고 오르기도 했다. 나물 캐는 누나들을 따라다니며 뒷산 언덕에 한 무더기씩 핀 채 아이들을 부르는 불그레한 진달래꽃을 따먹는 낭만도 만끽할 수 있었다. 또한 새움을 틔우는 언덕의 벚나무며 살구나무에 물이 오를 즈음이면 형들이 보슬비를 맞으면서 마당가에다 대추나무나 난초꽃 옮겨 심는 모습을 볼 수 있었다. 칠석이는 고사리손으로 꽃나무 모종을 옮겨들며 형들을 돕곤 했다.

조명희가 처음 써서 발표한 「봄」, 「봄 잔디밭 위에」 등의 시편은 어릴 적의 이런 꽃밭 같은 동심을 작품화한 것임을 짐작하게 한다.

잔디밭에 어린 풀싹이
부끄러운 얼굴을 남모르게 내놓아
가만히 웃더이다
저 크나큰 봄을

작은 새의 고요한 울음이
가는 바람을 아로새기고
가지로 흘러 이 내 가슴에 스며들 제
하늘은 맑고요, 아지랑이는 고웁고요.
•「봄」 일부

그야말로 꽃피고 새들 노래하는 에덴 동산에서 노닐고 자랐다. 그래서 이 천국 같은 고향의 봄 잔디밭 위에서 노니는 자신의 평화로운 모습을 어머니 · 하늘 · 땅이 혼연일체가 된 경지로 느끼곤 했던 것이다.

내가 이 잔디밭 위에 뛰노닐 적에
우리 어머니가 이 모양을 보아주실 수 없을까

어린 아기가 어머니 젖가슴에 안겨 어리광함같이
내가 이 잔디밭 위에 짓둥글 적에
우리 어머니가 이 모양을 참으로 보아주실 수 없을까?

미칠 듯한 마음을 견디지 못하여
"엄마! 엄마!" 소리를 내었더니
땅이 "우애!"하고 하늘이 "우애!"하옴에

어느 것이 나의 어머니인지 알 수 없어라.

• 「봄 잔디밭 위에」[11] 일부

또한 여름철이면 칠석이네 가까운 느티나무 밑은 동네 어른들이 쉼터로 차지하고 있는 면사무소 쪽 회나무 주변과는 달리 꼬맹이들로 아침부터 붐볐다. 한길가에 당산나무처럼 우뚝 서 있는, 중동이 어른의 서너 아름드리나 되는 느티나무 그늘은 아이들 차지였다. 칠석이는 싱그러운 녹음 사이로 울어대는 매미며 쓰르라미 노래를 들으면서 온종일 맨땅에서 뒹굴었다.

또 가을이면 가을대로, 여름이면 여름대로 늘 아이들로 붐비던 느티나무 주변은 온 마을의 축제 터가 되었다. 팔월 한가위에 이어 정월 대보름 무렵에 열리던 농악놀이, 그리고 당산제 또한 이 느티나무 밑에서 민속축제로 열려 동네사람들을 흥겹게 했다.

하지만 칠석이 다섯 살 되던 해에 겪은 부친상(喪)은 어린 그에게 적지 않은 마음의 외상(外傷)으로 작용했음을 알 수 있다. 이미 연만한 부친의 별세는 어머니의 경우처럼 직접적인 충격은 아니더라도, 당시의 가부장 체제에서 한 가족의 질서나 분위기는 어린 그에게 미친 영향이 적지 않았던 것이다. 가장의 상실로 인한 경제적인 궁핍 따위로 인한 것만은 아니다. 유아기 남성의 동일시 대상으로서 씩씩하고 의젓한 인격 표상인 부친의 상실로 인해 부지불식간에 어머니가 그 대상이 된 나머지 도착된 동일시의 문제도 대두되었다.

그러나 그는 어머니의 따뜻한 보살핌으로 큰 결함 없이 성장했다. 그의 모친인 연일 정씨는 가풍 있는 집안의 규수로서 출가해온 이래 전형적인 현모양처로 사신 분이었다. 특히 늦둥이인 막내를 유별난 사랑으로 보살펴서 다정다감한 품성을 길러주었다. 그래서 칠석은 구겨진 구석 없이 비교적 원만한 소년으로 클 수 있었다. 그는 경의선 철도 부설 감독자인 일본인에게 폭행당한 후유증으로 부친이 일찍이 세상을 떠난 후 어머니와 숙모의 영향으로 여성화되었지만, 「진달래꽃」 같은 작품이 여성 편향성을 띠게 된 김소월의 경우와는 상이한 면을 보여준다.[12]

조명희가 개성 형성기에 김소월 같은 후천적인 여성 취향 성격에 빠지지 않았던 원인은 아버지에 버금갈 만큼 나이 든 손위 형들의 보살핌이 있었기 때문이라 여겨진다. 사실 그의 맏형(공희)은 칠석과는 30년 가까이 연령차가 있어 형제라기보다는 부모 맞잡이인데, 드물게 보는 인격자였다. 한학자로서 자신의 한시(漢詩)들을 모아서 『괴당시고』(槐堂詩稿)라는 책을 목판본으로 펴낸 바 있는 그는, 일진회 등의 친일 앞잡이들이 나라를 팔아먹는 한말의 현실을 개탄하며 스스로 전라도 산속에 들어가 칩거했다. 그는 일찍이 좋은 벼슬자리를 버리고 자연과 한시를 벗 삼아 기울어져가는 나라를 걱정하며 여생을 보낸 우국지사였던 것이다.

칠석은 이런 맏형에게서 은연중에 선비적인 기개를 물려받았다. 그래서인지 그는 어린 소견에도 바로 자기 집안 당질로서 한일합방 당시 농공상부대신 자리에 있으면서 매국역신의 한 사람이 된 조중응의 처신에 분개했다.

칠석은 부친 별세 이후로 어머니 슬하에서 한글을 배우면서 『조웅전』, 『심청전』, 『춘향전』, 『박씨전』 같은 옛 이야기를 벗 삼고, 서당에서 『천자문』과 『소학』을 익혔다. 곡절 많은 남녀들이 만나고 맞서며 용케 이어지는 관계들과 이치가 신통해서 소년은 이야기와 글공부에 푹 빠져들었다. 영특한 소년은 이야기책을 읽다가 『조웅전』의 조웅과 장소저가 태자를 구하는 장면에서는 신이 나서 박수를 치고, 『춘향전』에서 거지꼴로 나타난 이도령이 왜 빨리 춘향을 구하지 못하느냐고 어른들에게 묻곤 했다.

동네사람들은 칠석을 근동에서 드문 신동이라고 칭송했다. 그도 그럴 것이, 이미 여섯 살 때 『천자문』을 석 달 안에 떼고 나이든 사람들보다 먼저 『동몽선습』을 다 배웠으며, 일곱 살 때는 『통감』, 『소학』, 『논어』, 『대학』 등의 한문책도 두루 읽을 정도였던 것이다.[13] 그리고 전라도에 있다가 집안

제사 때마다 본가에 찾아드는 맏형에게 기초적인 한문 붓글씨와 한시 몇 구절씩을 배워 직접 손잡아 따라 써보기도 했다. 그럴 때 맏형은 어린 동생에게 맹자, 노자(『도덕경』) 등도 가르쳐주었다.

그러다가 구학문에만 답답하게 얽매여 있기보다는 새로운 공부가 필요하다는 어머니의 각성에 따라 어린 명희는 새로 생긴 성공회 교회에 나가기 시작했다. 뒤늦은 개화의 바람이 전통적인 내륙지방인 진천 고을에까지 불어왔던 것이다. 영국의 성공회가 이 고을에 처음 세운 교회에 다니면서 당시 열 살이 넘은 명희는 새로운 서양문물을 접하게 되었다. 여기서 소년은 도깨비나 산신령과는 다른 하나님, 아담과 하와의 선악과(善惡果) 이야기 등을 성경으로 접하며 동서양 문화의 상이한 점들에 관심을 기울이기 시작했다. 시골의 느티나무에도 태양이 고루 비치듯 한반도의 진천 고을 같은 시골 또한 세계의 하늘로 열려 있음을 깨닫는 계기가 마련된 셈이었다.

그것은 그저 집안일이나 돌보며 지내려는 둘째 형(경희)이나 멀리 나가서 한시를 벗 삼고 지내는 맏형보다는 어머니와 누나들의 영향이 컸다. 어머니와 매주 성공회 교회에 다니던 두 누나들은 큰 키에 노랑머리와 푸른 눈을 지닌 영국 선교사나 신부 이야기를 동생에게 자랑하듯 했다. 서양 사람과의 만남이란 진천 고을에서는 정말 새로운 충격이 아닐 수 없었다.

영국 성공회가 진천에서 선교를 시작한 것은 1905년이었다. 처음에는 이방인들을 경계하는 주민들에게 선교사들은 친근감을 가지고 접근했다. 1908년 진천에 교회까지 지은 성공회에서는[14] 특히 고을의 삼대 호족격인 경주 이씨 · 연일 정씨 · 평산 신씨 집안에 호감을 보였다. 여기에 평소 친정 오라버니 버금가게 개화의식을 지녔던 명희의 어머니가 둘째아들 경희의 만류를 뿌리치고 맨 먼저 주일마다 성공회 교회에 다니기 시작했다.

그 무렵 명희는 진천에 세워진 첫 사립학교인 문명소학교에 입학했다.[15] 이 학교는 일찍이 헤이그 밀사로 나갔던 이상설의 친척인 이상직 선생이 을사보호조약으로 기울어져가는 나라를 일으켜세울 민족의 인재를 기르기 위해 설립한 교육기관이다. 서당에서 익히던 구학문과 다른 신선감에 명희는 경이로운 나날을 보냈다.

평일에 문명학교에서 산수 · 과학 · 체조 · 지리 등을 배우던 명희는 주일이면 으레 누나들을 따라 성공회 교회에 나갔다. 고개를 조아리고 기도하거나 성모마리아 앞에 성호를 긋는 것도 흥미로웠다. 그리고 언제나 미소를 머금고 친누나처럼 대해주는 여선교사의 금발머리도 차차 친숙해져갔다.

고향에서 소학교 과정을 마친 명희는 열네 살 되던 해에 장가를 들었다. 주위 친척들이 충남 서산에 사는 여흥 민씨(閔氏) 집안에 참한 규수가 있다기에 그 말만 듣고 떠밀리다시피 한 혼인이었다. 신부는 개화기의 신소설 작가 겸 번역문학자인 우보(牛步) 민태원의 일가로서 양가(良家)의 훈도를 받은 구식 여성이었다. 아직 철부지였던 신랑은 민씨라는 성이 어쩐지 고민이란 느낌과 연결되어 께름한 터라 열여섯 넘어서 장가들겠다고 했지만 어른들은 막무가내였다.

명희보다 두 살 위인 민식(閔植)은 수수하고 소녀처럼 가냘픈데다가 작달막한 여자였다. 한창 꿈과 낭만에 부풀어 있던 사춘기 소년에게 그녀는 이름부터 운치가 없는 것 같아 심드렁한 느낌이었다. 그러나 새댁은 시어머니나 동서들로부터는 나름대로 귀염을 받는 모양이었다. 그런 분위기 속에서 그녀는 어린 신랑에게 정성을 쏟으며 언젠가는 살뜰한 정을 주리라 믿고 기다리는 너그러움을 보였다.

신랑은 그런 신부가 고맙고 측은하게 생각되면서도 왠지 정이 들지 않고 자꾸만 멀어지는 듯했다. 그래서 신랑은 그 성과 이름에서 받은 선입견 때문이 아닐까 생각하며 스스로 더 가까워지려 노력도 해보았다. 하지만 잠자리를 같이 하고 대화를 자주 할수록 더욱 싫어지는 감정을 어쩌지 못했다.

자신으로서도 안타깝기 그지없고 신부에게나 집안 식구들

에겐 미안하지만 어쩔 수 없는 노릇이었다. 그래서 포석은 가까운 청주나 충주의 학교를 그만두고 한사코 서울 중앙고보로 진학했던 것이다. 집을 떠나 서울에서 학교를 다니면 아내와 만나는 일도 자연스레 피할 수 있기 때문이었다. 그런 자신의 처사를 뉘우치면서 그는 새삼스레 남녀간의 인연이나 궁합이라는 문제를 생각해보곤 했다.

베이징으로 출분(出奔)을 꾀하다가

1914년 한여름, 중앙고보 졸업반이었던 명희는 여름방학이 가까울 즈음 서울 하숙집에서 진천 집으로 편지 한 장을 띄웠다.

어머니, 仲兄任,

안녕하신지요. 저는 몸성히 지냅니다.

그런데 저는 학교를 그만 두고 좀 쉬며 바람 좀 쐬려합니다. 너무 걱정은 마세요.

얼마동안 멀리 旅行 좀 다녀오려고요. 몇 年일지도 몰라요. 成年이 된 저도 이젠 넓은 世上 좀 돌아보고 나라일도 걱정할 階梯니 말이오.

아들 明熙 올림

누런 공책 종이에 철필로 쓴 글씨였다. 동생의 편지를 받아든 둘째 형 경희는 난감했다. 지금까지 동생을 홀로 서울에 하숙시키고 지도를 소홀히 하거나 뒷바라지를 잘못한 게 아닐까? 동생이 부부생활에 재미를 붙이지 못한 건 알고 있었다. 하지만 졸업 후의 진학이나 취직을 두고 망설이는 눈치는 알고 있었으나 설마 집을 나설 줄은 예측 못했던 것이다. 이미 스무 살이 넘은데다가 아내까지 두고 있는 처지에 가출이라니, 정말 뜻밖이었다.

사흘이 멀다 싶게 막내아들 근황을 궁금해하던 어머니는 그 편지 이야기를 듣고도 크게 걱정을 안 했다. 학교 공부에 시달린 아들이 며칠쯤 바람을 쐬다 보면 여비도 떨어지고 해서 되돌아오리라 여겼던 것이다.

일주일쯤 후 어머니는 한밤에 긴히 상의할 일이 있다며 경희를 안방으로 불렀다. 혹시나 평지풍파가 일어날세라 걱정되어 아직 식구에게 상의를 하지 않았다면서 어머니는 조심스레 편지 한 통을 내놓았다. 양면괘지 서너 장에 붓으로 쓴 그 편지는 외사촌이 보낸 것이었다. 명희가 중국으로 함께 나가기로 약속한 친구를 기다리다 여관비에 몰려서 평양에 묶여 있다는 것이었다.[16] 그러니까 지금 명희는 평양의 우정국에서 일하는 외사촌 집에 머물고 있는데, 중요한 결정을 앞두고 본가 어른들의 의견도 확인할 겸 상당한 여비를 부탁

한 것이다. 경희는 두어 번 등잔불 가까이로 다가가 그 편지 내용을 확인했다.

요컨대 명희는 장차 군인이 되기 위해서 무관학교(사관학교) 입학차 중국 베이징행을 꾀하고 있다는 것이다. 그런데 이런 사실은 본가에는 비밀로 해달라며 외사촌에게 간청한 모양인데, 외사촌 입장에서는 집안 어른들의 확답을 들어야겠고, 아울러 국경을 넘을 때 필요한 여행보증서를 보내달라는 내용이다. 베이징에 도착할 기차표 정도만 도와주면 나머지는 포석 자신이 해결하겠다며 외사촌에게 하소연하는 모양이다.

그날 밤, 오래도록 모자가 숙의한 끝에 결론이 났다. 조씨 가문으로서는 선비 아닌 무관을 받아들이지 않는다는 것, 중학생 신분으로 외국에 나가는 데 찬동하지 않는다는 것이었다. 이것은 굳이 그의 새댁에게 의견을 물어서 충격을 줄 필요 없이 합의한 결과였다. 아들을 서넛씩이나 둔 집이니 하나쯤 타국에 내보낼 만하다 해도 중학 졸업까지 미루고 서두를 하등의 명분이 없다고 여겨서였다.

이튿날 일찍 집을 나선 경희는 훤칠한 키에 맞는 시원한 모시 두루마기 차림으로 경의선 열차에 올랐다.

밤 열차에서 평양역에 내린 그는 손아래인 외사촌의 마중을 받아 역 가까운 중국 음식점으로 들어갔다. 단골인 듯 자

그맣고 아늑한 방에서 자장면에 배갈을 들며 동생의 근황을 말하고 있는 사이에 드르르 문이 열렸다. 한복 치마저고리 차림의 외사촌댁이 포석을 옆에 세운 채 공순히 인사하는 것이었다.

검정색 교복 차림의 명희는 뜻밖인 듯 멈칫하더니 곧 모자를 벗고 고개를 꾸벅했다. 그러고는 서슴지 않고 방에 들어와 앉아서 의젓한 자세로 군만두를 간장에 찍어먹곤 했다. 집을 떠나 있는 동안 한껏 어른스러워진 자태가 새삼스러워 보였다. 그 모습을 보며 경희는 동생한테 압도당한 채 도리어 설득당할세라 긴장되는 느낌이었다. 그 긴장을 누그러뜨리려는 듯 배갈로 얼근해진 경희가 작은 컵을 명희에게 건네며 말했다.

"……우리 한참만이구나. 걱정되었던 차에 만나니 참말 반갑다. 여기 와 있을 줄은 몰랐는데…… 이제 안심이다. 자, 명희 너도 한 잔 마실래? ……형들과 함께니까는 말이야……."

"……."

명희는 대답 대신에 건네받은 잔을 앞에 놓고 이마의 땀을 수건으로 훔치고 있었다.

"친형인 나한테는 말 안 해서 서운하기도 하지만…… 중국에 가서 무관이 되겠다고?"

사실 맏형 공희는 큰어머니 소생이니 연일 정씨인 어머니가 낳은 삼형제 가운데서는 경희가 장남이다. 그런데도 명희가 평소 공희만 존경하고 따르며 자신에게 소홀한 점에 다소 서운한 감이 없지 않았던 터이다. 경희 나름대로는 지금까지 나이 어린 막내동생을 부부가 함께 자식처럼 잘 보살펴주었는데 말이다. 혹 관직에도 오르지 못한 채 시골에서 부모님 모시고 농사짓는 자신을 업신여겨 그러는 것은 아닌가 싶기도 했다.

"미안해요. 허지만 우리 집에서는 찬동할 가망이 없지 않아요?"

이윽히 동생을 쳐다보던 경희는 나지막하되 분명한 어조로 물었다.

"그런데두 왜 그렇게 가족 뜻 거스르며 감행하려는 게냐? 베이징에는 군벌뿐 사관학교가 없다던데 어떻게 하자는 게야? ……운남성엔가에 군관학교는 생겼다더라마는 혼자서 어쩌자는 거냐 말이다, 응?"

"형님, 그거야 현지에 가서 부닥쳐볼 일이고요…… 저두 이제는 엄연한 성년이잖소? 제 장래는 제가 주로 결정해야지요. 이미 장가든 지도 여러 해 지났고요……."

전과 다른 동생의 말대꾸에 비위가 거슬린 경희는 사뭇 위엄 있게 말을 이었다.

"허지만 암만해도 무관만은 안 된다. 우리 집안에 그쪽은 네 형 하나면 됐어. 그것도 우연스레 그리 됐지만서두……. 예부터 무관은 선비의 들러리 아닌가 말여. 큰외숙 한 분도 너 출생한 그해 동학란 때 관군 참령(參領)으로 출병했다가 농군들한테 참살당했단 말 안 들었냐. ……그래서 어머니께서도 남 죽이기 아니면 죽기 판이라 살인 놀음인 무관 출세는 한사코 반대신께는……."

한동안 잠자코 있던 명희가 말을 받았다. 사뭇 볼멘 목소리였다.

"지금 그 맥없는 선비들 땜에 나라가 온통 왜놈들 말발굽에 짓밟히고 있는데두 집안 체통 지키긴가요? 고놈의 체통보다는 총칼에 빼앗긴 나라를 찾으려면 무력을 갖추는 수밖에 없다고요. 구한말 그 힘없는 우리 군대 부관인 형님은 군의 참모에 불과하고요…… 해서 전 무관으로 국권 회복하는데 앞장설래요. 그러기 위해서는 꼭 떠나야 해요."

뜻밖에 강경한 동생의 태도에 대응하는 형의 목소리도 높아가고 있었다. 결코 술기운 때문만은 아닌 듯싶었다. 하지만 명희는 더 결연한 자세로 말을 이어가는 것이었다.

"어른들은 요즈음 신문보도도 보지 않는 모양이지요? 정말로 눈도 심장도 쓸개도 없는가 말이요. ……요전 7월에는 선린학교 학생들이 전원 동맹휴교를 했다구요.[17] 쪽발이 학생놈들과 충돌했는데 편파적으로 대한 게 분해서지요. 그러니 우리 학교 애들인들 공부가 되겠어요? ……뭐, 이런 판국에 잠자코 시험만 잘 보라구요? 우리가 귀머거리고 장님입니까? 차라리 심장이 멎어 죽으라고 할 일이지 원……."

한동안 제물에 달아 항변하던 명희는 엽차를 한 모금 들이마시고는 감정을 가라앉혀 이야기를 계속했다.

"그뿐 아니라, 지금은 유럽에서 세계대전이 터져서 긴박헌 시국이라고요. 6월엔가 오스트리아가 황태자를 암살한 세르비아에 선전포고를 했잖아요? 그러자 독일이 러시아에, 불란서가 독일에 전쟁을 포고해서 피를 흘리고 있다는 걸 몰라요? ……이런 정세 속에서 어떻게 학교 교실에만 갇혀 있을 수 있냐고요……."

"그러니께 이런 비상시국일수록에 더 차분히 실력을 쌓고서…… 한층 자중해야제…… 그럼 어쩌자는 거냐? ……허기는 어릴 적에 니가 동네 애들이랑 병정놀이에서는 대장노릇을 많이 했지만서두 실지로 사람 죽이고 하는 짓은 피해야지."

형님의 이런 대꾸에 명희는 설득하듯 차분하게 설명했다.

명희의 주장은 근대 이래 일본의 인접국에 대한 침략정책은 점차 노골화되고 있는데, 그 제일 큰 피해자는 대한제국과 중국이라는 것이다. 1894년의 청일전쟁에서 이긴 일본은 이듬해 시모노세키(下關)조약으로 요동반도와 대만을 전리품으로 얻었다. 또한 일본 침략자들은 구한말 이래 민비를 시해하며 내정간섭을 해오다가 을사보호조약으로 한반도에 통감부를 설치했다. 그러고는 드디어 1910년 한일합방을 해서 우리나라를 식민지로 만든 것이다.

따라서 한국과 중국은 공동의 공격 대상인 일본을 몰아낼 형제국으로서 협력하게 된다는 것이다. 수년 전, 바로 한일합방 전해인 1909년 10월 하얼빈 역에서 안중근 의사의 이토 히로부미 암살 사건도 있어 중국에서는 한국 사람을 환영할 것이라는 기대였다. 이미 1912년 초에 쑨원의 중화민국이 수립된데다 마침 전해에 압록강 철교도 개통되었으므로 그런 면을 잘 활용해보겠다는 것이 명희의 구상이었다. 압록강에 수학여행 온 학생처럼 건너가서, 그곳 간도지방 조선인들의 도움을 받아 중국 무관학교에 입학하여 공부해볼 계획임을 짐작할 수 있었다.

“허지만 너는 너무 넓은 세상 밖만 내다보고 안은 챙길 생각을 안하는구나. 너 나가고 나면 니 처는 어떻게 할래?…… 사나이가 제 앞가림은 해야 하는 건데 남한테 짐 지우고 도망가는 처사로 오해받으면 안 되는 게야. ……국내에서도 문장으로, 교육으로, 또 산업으로 나라 지키는 길은 많은데 말이다. 안 그러냐?”

경희의 반격에 명희의 얼굴은 사뭇 상기되었다.

"여기서는 빈둥대다가 결국 왜놈들 족쇄에 걸리고 말아요. 저는 정말로 숨이 막혀 못 견디어요. 왜놈들 밑에서 고등문관 돼서 시중을 들거나 사냥개 순사로 살아가거나, 아니면 폭탄 던지다 감옥 갈 게 뻔하지 않느냔 말이요."

무조건 주저앉히려고만 하는 형들과 형수 앞에서 명희는 분을 토하듯 말을 이었다.

"지금까지 역사를 바꿔온 건 무엇보다 강력한 힘이었어요. 징기스칸도, 나폴레옹도, 풍신수길도, 을지문덕 장군도 결국 힘으로 세계를 지배했고 자기를 지킨 게 아니냐고요. ……형님의 농사일이나 외사촌형의 통신기술로는 결코 왜놈들을 이겨낼 수 없어요."

여태 옆자리에 잠자코 있던 외사촌 형이 그제야 한마디 거들었다.

"네 말도 일리가 있다. 물론 청년다운 패기도 좋아. 헌데 매사는 원형리정, 차례가 있고 도리가 있는 법이지."

여기에서 명희는 외사촌 형에게 나름대로 불만인 듯 퉁명스럽게 반응했다.

"알겠어요. 그래서 중국 가는 일은 본가에 비밀로 하자고 했는데, 이게 무슨 꼴이요? 나 원 참……."

이런 태도에 화가 난 경희는 옷걸이에서 흰 두루마기를 벗겨 입으려다 동생을 노려보며 꾸중했다.

"그게 무슨 소리냐? 제가 엉뚱한 일 저질러놓고 걱정하면서 예까지 찾아온 형들한테 되레 불평이라니…… 듣자듣자 하니……."

분위기가 험악해지자 외사촌 형수는 음식값을 치르고 와서 달래듯 말했다.

"모두 잘 해보자는 일인데 왜들 이러우……. 문제는 압록강 철교를 건너자니 여행증이 필요하고, 그 서류를 청하다 보니 이렇게 된 거 아니우까……? 아무튼 강을 헤엄쳐 넘을 수는 없는 거니까 다음 기회를 보기로 하지요."

부모 같은 형의 만류도 만류지만, 여행증이 없는데야 명희로서도 어쩔 수가 없었다. 이렇게 해서 명희의 일차 국외 탈출 시도는 끝났다.

다시 도약을 꿈꾸며

결국 경희를 따라서 진천 집에 내려온 명희는 한동안 건넌방에서 칩거했다. 대장부가 무슨 꼴인가 싶었지만, 몇 년 참고 지내다가 다음 기회에 어디로든 넓은 천지로 뛰쳐나가리라 다짐하고 있었다. 그래서 틈틈이 문학작품을 읽고, 아내 민씨 부인과도 대화를 하곤 했다. 그녀로서는 오랜만에 남편한테서 아내 대접을 받는 셈이었다. 남편은 처음에는 전보다 더 성을 내곤 했지만 차차 성질도 누그러지고 해서 모처럼 부부가 함께 지내게 된 것을 다행으로 여겼다.

그러다 보니 명희가 낙향한 이듬해인 1915년 늦가을에는 건강한 딸도 얻었다. 아이 이름은 항렬에 따라 중숙(重淑)이라고 지었다. 낙담과 포기 다음에 얻은 한동안의 안정감은 아이를 매개로 해서 정상적인 부부관계로 연결시키는 듯싶었다. 그들의 가정은 졸업시험 공부나 일제의 포악한 식민지 정치는 물론이요 세계전쟁의 대포소리로부터도 안전했다.

그뿐 아니라 명희는 서울에서처럼 꽉 짜여진 시간표에 의한 수업을 강요받지 않고 마음 내키는 대로 동서양의 문학서적과 친할 수 있어서 좋았다. 이런 사정은 당시를 회상하는 에세이에서도 드러나고 있다.

> 그리하여 이 少年丈夫의 뜻을 이루지 못한 끝에 울분을 견디지 못하여 消逸格으로 소설이란 것을 읽었다. 읽어보니 재미도 난다. 사기도 하고 얻기도 하여 될 수 있는 대로 많이 읽었다.
>
> 지금 기억에 남는 것을 적어 본다면 「紅桃花」, 「치악산」, 「귀의성」, 「추월색」, 「구운몽」, 「옥루몽」, 중국 소설로는 「삼국지」 이밖에도 수없이 많이 읽었다. 그 가운데 「옥루몽」, 「삼국지」니 하는 것은 달포씩 두고 그것만 잇따라 읽

어 보기도 하였다. 그러나 아직까지는 문예란 것에 뜻을 두기는커녕 문예라는 말의 의미도 글자까지도 몰랐었다.

그러다가 신문에 나는 번역 소설을 처음 읽게 되었다. 그 번역 소설이란 것은 곧 그때 『매일신보』에 연재되던 민우보 역인 「噫無情」이다.

나는 이때껏 소설 읽어 보던 가운데 감격하여 보기는 이때가 처음이다. 주인공 '장팔찬'(그때는 그렇게 쓰였다—인용자)이 죽는 데까지 이르러서는 가슴이 뻐근하여 어찌할 줄을 몰랐었다. 그때에 나는 "나도 이러한 소설을 써 보았으면!"하는 충동이 몹시 생기었다. 그러나 써 볼 엄두는 물론 내보지도 못하였다. 그러다가 그 신문에 나는 조선 사람의 창작이라고는 처음인 「무정」을 읽게 되고 「개척자」를 읽게 되고 『태서문예신보』, 『창조』, 『三光』 등을 애독하게 되었다. 이때부터 나도 문예를 하여 볼까 하는 생각이 싹도 텄었다. 그리하여 단편소설 몇, 시 몇 개를 시험 삼아 써보기도 하였다.[18]

이런 독서를 통한 동서 고전 섭렵과 사고의 폭 넓히기는 수년 동안 고향집에 내려와 사는 것이 퇴보만 아님을 실감케 했다. 그후 3·1운동 무렵까지 다섯 해에 걸친 포석의 휴학기간은 보다 원대한 내일의 설계와 개혁의 힘을 비축하는 내적

보강의 값진 시간일 수 있었다. 이 휴학기간을 통해서 명희는 어머니나 형들이 바라는 선비적 자질을 닦았고 문인으로서의 기틀도 튼튼히 다진 셈이었다.

명희가 시골집에 머물던 시절 독서삼매경에 빠져 일어났던 부부간의 정겨운 에피소드도 없지 않았다. 그 무렵 초복을 지낸 포석의 생일날이었다. 집안에서 밤늦도록 책만 읽어 몸이 허해진 명희를 위한 아침상에는 찰밥에 미역국을 곁들인 생일 음식이 잔뜩 차려졌다. 명희를 비롯하여 온 식구는 아내가 정성을 다해 차린 음식을 먹었다.

그날 점심때도 품앗이로 이웃집 조밭을 매던 아내가 집에 와서 팥을 섞은 찰밥에 냉수를 곁들인 풋고추며 쑥갓, 상추쌈으로 상을 보았다.

"여보, 진지 잡수셔유. ……중숙 아부지, 어서요."

몇 번을 불러도 남편은 채마밭 쪽 감나무 그늘 밑의 그루터기에 앉아 책만 읽고 있었다.

"응, 알았소. ……잠깐요, 조금만…… 곧 갈게……."

그러면서 반시간이 넘어갔다.

"그럼 저는 또 덕수네 밭에 다녀올게요. 아이랑 좀 보고 있어요. 젖 맥여서 막 재워놨으니깨요. ……어서 점심부터 드시고유."

한 시간쯤 후에 소나기를 피해서 집에 들어온 아내는 눈이 휘둥그레졌다. 그 사이에 마루 밑에서 올라온 강아지가 상을 뒤집어엎고, 밥이며 반찬을 먹고 있었던 것이다. 또 소란통에 잠을 깬 딸아이는 바닥에 떨어진 음식을 집어먹으려 기어다니고 있었다. 기겁한 아내가 빗자루로 강아지를 때리려고 하자 명희가 말렸다.

"그만 놔둬요. ……누구의 잘못도 아니요. 굳이 따지자면 내 탓이겠지……. 하긴 나도 당신 친정붙이가 쓴 글에 취했을 뿐이요만."

명희에게는 처남뻘이 되는, 우보 민태원이 번역한 『희, 무정』이란 '장발장' 이야기에 빠져 있었다는 것이다. 그녀로서는 시집살이 4, 5년 만에 처음 듣는 다정한 말이라 가슴 울컥한 눈물을 삼키었다.

명희는 그 주일에는 바로 장발장 이야기로 주일학교 학생들을 감동시켰다. 그 무렵 그는 매주일 성공회당에서, 수요일에는 신명학교에서 두어 시간씩 한글과 한문, 그리고 문학을 가르쳤던 것이다.[19] 학생들은 『심청전』이나 『춘향전』 등과는 다른 서양 이야기를 신기하게 느끼면서 조선어 못지않게 경청했다. 그래서 명희는 학생들을 위해서도 동서양 고전 섭렵에 힘을 기울였다.

물론 그런 중에도 명희는 동양의 유현 심수한 경지에 보다 깊이 빠져들었다. 장녀가 태어나던 해, 정초에 고향집에 들른 만형의 도움으로 명희는 한 보름 동안 『논어』와 『도덕경』 읽기에 심취했다. 『논어』「위정」편 가운데, 어진 이는 산을 좋아하고 슬기로운 자는 물을 좋아한다는 대목이 마음에 들었다. 그래서 명희 스스로 "仁者樂山"이란 글귀를 서투른 붓글씨로 써서 책장 벽 앞에 붙여놓았다. 만형에게서 받은 휘호를 아담하게 표구하여 나란히 걸어놓았던 것도 이때의 일이다. 그 중에서도 특히 "自彊不息"과 함께 "柔弱勝剛强"이란 휘호는 의미심장한 동양철학을 담고 있다고 여겼다.

스스로 끊임없이 노력하며 쉬지 않는다는 "자강불식"은 『주역』의 한 구절로 대자연〔梵〕과 인간〔我〕이 서로 돕는 천지화육의 조화를 강조한 내용이다. 또한 연약하고 부드러운 것이 단단하고 굳센 것을 이긴다는 "유약승강강"은 노자 『도덕경』의 가르침으로 군국주의 일본의 강압적인 무단정치에 효율적으로 대항할 방법면에서 심원한 의미를 내포하고 있다. 그것은 명희로 하여금 무관 위주의 가치관보다는 문관의 상대적 유연성을 터득하게 했던 것이다.

만형이 지어주거나 포석 자신이 아호(雅號)로 지어 쓴 예의 낭만적인 갈대 피리, 노적(蘆笛)이나 자연친화적으로 둘러싼 돌, 포석(包石)이란 이름을 장래 적당한 시기에 써보려고 모색하던 것도 바로 이 무렵이다.

그러면서 명희는 가끔씩 연필로 쓰고 다듬으면서 습작 노트에 자작시를 지어보기도 했다. 어느 해 가을에는, 시골집 울안에 할아버지께서 심어놓은 아름드리 밤나무가 탐스런 알밤을 자랑하고 있었다. 포석은 일찍이 초창기 문단의 「폐허」 동인들이 펴내던 문예지에 서정어린 시작품을 활자화하기도 했다. 깊은 밤중에 뚝뚝 마당 쪽으로 알밤 떨어지는 소리를 듣고 느낀 그 신비로운 감흥을 어린 조카 중협(조벽암)에게 알려준 바도 있었다.[20)]

어머니 좀 들어주셔요.
손잡고 귀 기울여 주셔요.
저 담 아래 밤나무에
알밤 떨어지는 소리가 들립니다.
뚝 하고 땅으로 떨어집니다.
우주가 새 아들 낳았다고 기별합니다.
등불을 켜가지고 오셔요.
새 손님 맞으려 공손히 걸어가십시다.
•「경이」 일부

그런데 기미년 만세운동이 일어나기 달포 전에 포석의 큰 형수가 낭떠러지에서 떨어진 후유증으로 세상을 떠났다. 그런 지 몇 달 후 맏형 공희가 스무 해가 넘은 산중거사 생활을 접고 진천의 본가로 돌아왔다. 오랜만에 장남으로서의 지위를 되찾고 집안을 재정비하는 일에 나선 것이다.

이 과정에서 이전부터 집안일을 꾸려오던 둘째 형 경희와 공희 사이에 집안일 인계 문제로 다소간의 말썽이 생겼던 것도 사실이다. 이때 명희가 나서서 장손의 의견을 존중해 따르자고 주장했다. 그래서 공희는 그 성품대로 다소의 재산을 형제에게 적절히 분배하여 분가시켰다고 한다. 말하자면 명희는 형제간의 우애와 질서를 바로 세우는 데 솔선해서 좋은 역할을 했던 것이다.

물론 경희 내외는 어느 정도 불만이 있었지만, 결국 집안의 위계질서에 승복하고 충남 전의와 가까운 대전으로 내려가 살았다.

비록 기울어져가는 집안이긴 해도 대대로 내려오는 문중의 전답만은 적지 않게 남아 있었다. 그래서 공희는 양자로 삼은 조카(중흡)에게 한집의 장손에 걸맞을 만큼 상당한 부동산을 상속했다. 물론 이때 실제로 장손을 낳아준 포석의 셋째 형(태희)에게도 응분의 재산을 분배했다. 이와 같이 공희는 여러모로 집안을 재정비하여 장자로서의 도리를 이행했던 것이다.

막내인 명희에게도 약간의 상속을 해주었지만 그는 그것을 사양했다. 십수 년 전부터 바닥이 나기 시작한 집안형편을 잘 아는 그로서는 그 전답을 받기가 미안했지만, 무엇보다 형제간의 우애와 올바른 가족의 질서를 위해서 사양했던 것이다. 사실 고학이라고는 해도 형제 중 도쿄까지 가서 공부한 사람은 다소 특혜도 받았던 셈이다. 물론 그렇게 따지자면, 경희는 적잖은 시앗보기로 재산을 축내고, 태희는 술로 가산을 탕진했으니 명희가 특혜를 누렸다고 할 수도 없었지만 말이다.

그 무렵 명희에게는 사실 재산 상속 같은 데 관심을 둘 수 없을 만큼 어려운 과제가 다가왔다.

서울 등지에서 1919년 3월 초에 일어난 만세운동이 전국으로 번지면서 그 물결이 보름 남짓 만에 드디어 진천에까지 밀려들었던 것이다. 진천 고을에 오일장이 서던 그날 장터에서 백여 명이 만세를 외쳤다. 그 속에 태극기를 흔든 명희가 있었다. 그 사건으로 인해 명희는 난생 처음 경찰서 유치장에서 여러 달 고초도 겪었다.

그런데 그것은 평소 민족교육과 자주독립을 강조하신 이상직 선생님을 따랐을 뿐 학생들은 주동자가 아니라고 하며 신부가 석방에 애써주었다. 결국 여러 학생들과 함께 석 달 만에 경찰서 유치장에서 풀려난 명희는 새롭게 각성했다. 유럽 쪽의 세계전쟁도 종식되고 일제 통치는 더 거세지는데 아까운 젊음을 책만 벗하고 지낼 수만은 없다고 생각했던 것이다. 어차피 한 번 주어진 인생, 보다 능동적으로 개척해나가야겠다 싶었다. 보다 높이, 그리고 넓게, 멀리 뛰려고 다섯 해 동안 내적으로 다져왔던 힘을 펴기 위해 그는 일본으로 건너가기로 했다.

도쿄와 서울을 넘나들며
—1919년부터 1928년까지

현해탄 건너서 문학활동 시작

포석에게 일본 유학 체험은 베이징 군관학교 지망 실패 후 넓은 세계를 향한 두 번째 출분이었고 처음 맛보는 탈출과 도전 욕망의 실현이었다. 그것은 중앙고보 중퇴 후 3·1 운동이 나던 해 잠시 옥고를 치를 때까지 시골에서 독서 등으로 지낸 5년 동안의 답답증을 씻는 새로운 전환점이기도 했다. 이미 혼인하여 처자까지 둔 26세 늦은 나이에 처음 현해탄을 건너 체험한 도쿄생활은 값진 것이었다. 거기서 얻은 소득은 선진 신문물 체득과 함께 문단 진출이라는 쌍두마차였다.

막상 가기로 결심했지만 여비를 마련하지 못해 쩔쩔매던 그는 다행히 도일(渡日)의 뜻을 이룬다. 고향 친구의 도움이 있었던 것이다. 어릴 적부터 친한 남준우의 여비 지원으로 함께 현해탄을 건너는 배에 오를 수 있었다. 하지만 그 친구는 포석이 일본에서 처음 만나 사귄 김우진보다 먼저 고인이 되고 말았다고 전한다.

가까스로 도쿄에 가서 지낸 초기의 어려움은 짐작되고 남는다. 그리고 그곳 도요(東洋)대학 인도철학윤리학과에 적을 두고 고학한 형편 또한 그의 습작 희곡 「金英一의 死」 주인공 처지를 통해서 알아차릴 수 있다. 경제사정과 언어소통, 문화 차이의 역경 속에서 그는 쓰라린 체험을 했던 것이다.

저간의 사정은 포석 스스로 토로한 글에서 여실하게 드러난다. 20대 중반을 훨씬 넘긴 만학도로서 사상적인 모색을 하며 방황하고 고뇌하던 모습이 선연하다.

> 북경행을 실패한 뒤에 동경행을 뜻 둔 지는 여러 해이다. 그러나 여비 한 푼 없이 나설 모험심까지는 나지 아니하였었다. 혹시 路費나 좀 얻어낼까 하고 뽕나무 장사를 경영하여 보고 금광으로 쫓아다녀 보기도 하였으나 모두 실패뿐이다. 그러다가 3~4년을 두고 뜻하던 길을 어느 친구가 들어가는 서슬에 마침 旅費도 생기고 하기에 그만 따라 들어가고 말았다.
>
> 동경을 오기는 하였다마는 새로 닥치는 여러 가지 난문제가 머리 속을 뒤흔든다. 학비문제, 나이 먹은 문제, 어학

문제 등으로 문학을 공부하기에는 절망이라는 생각까지 났었다. 그러나 오랫동안 뜻 두고 내려오던 길을 고쳐서 걷기는 쉬운 일이 아니었다.

그때에 괄세치 아니 하리라고 생각하던 어떤 사람을 찾아서 학비운동을 하였었다. 한 번 가서 실패 두 번 가서 실패하고 돌아오는 길에 절망과 모욕과 분한 마음을 이기지 못하여 얼굴이 화끈화끈하도록 上氣가 되어가지고 "에끼 빌어먹을 것, 문학이 다 무엇이야. 영어공부가 다 무엇이야. 지금부터 本所나 深川 같은 데로 가서 품팔이 하자"하고 주먹을 쥐며 결심도 하였었다.

"노동일까? 문학일까?"

•「생활기록의 단편」[21]

이와 같이 정작 도쿄에 가서는 학비문제로 갈등을 겪는다. 포석은 어려운 경제문제를 스스로 해결하지 못하고 남의 도움으로 학비를 구차하게 마련한 걸 두고두고 후회했다. 당시 그는 유한계급 학생들과 어울려 괴테를 읽고 타고르를 읊으며 하이네와 친하며 보헤미안처럼 지냈다는 것이다. 그 무렵 유행하던 러셀류의 자유주의 정신에 감화를 받았다고 실토하고 있다.

그런 분위기에서 포석은 사회주의 청년들과 사귀면서 열

을 올렸지만 곧 회의에 빠진다. 옥에 갇힌 친구들을 만나보는 과정에서 동지들의 배신에 환멸을 느낀 것이다. 이런 체험은 친구에게 보내는 서간체 형식으로 쓴 단편 「R군에게」에 실감 나게 그려져 있다. 유심론자들이 주장하는 사회개조보다 인심개조가 선행해야 한다는 견해였다. 그리하여 포석은 "떼카단니즘을 잡을까? 종교적 신비주의를 잡을까?" 한걸음 더 나아가 반동이다, 현실도피다, 신비의 문을 두드릴까 한동안 방황하고 있음을 본다.

그 무렵 친하게 지냈던 극작가 김우진을 위시해서 유춘섭 · 홍해성 · 김영팔 · 최승일 등과, 1920년 봄 도쿄에서 결성한 우리나라 최초의 본격적인 근대극 연극단체인 극예술협회에서 활동했던 조명희의 존재는 따로 떼어놓고 생각할 수가 없다. 더욱이 이 단체 창립 이듬해인 1921년 여름에는 이들 유학생과 노동자들의 모임인 동우회의 전국 순회연극단의 공연 작품으로 조명희가 쓴 대본이 채택되었던 것이다. 조명희는 당시 동우회 순회공연의 한 레퍼토리였던 「찬란한 문」(아일랜드의 렌시니 경 원작)의 주연을 맡아 박수갈채를 받기도 했다.

동우회 회원들은 제1차 사업으로 회관건립기금 모금을 위한 하기순회연극단을 조직하여 전국을 누볐다. 여름방학 기간 대부분을 부산 · 마산 · 경주 · 대구 · 목포 · 광주 · 전주 ·

공주 · 청주 · 경성 · 개성 · 해주 · 평양 · 정주 · 원산 · 함흥 등 전국 25개 도시에서 공연하며 보냈던 것이다. 레퍼토리는 연극 「김영일의 사」를 위시해서 홍난파의 바이올린 독주와 윤심덕의 독창 등이었다.[22]

모두 3막 4장으로 이루어진 「김영일의 사」는 가난한 도쿄 유학생의 비극적 삶을 그린 포석의 자전적인 첫 희곡작품이다. 당시 작가 자신이 겪었던 관념적 요소와 사상의 혼돈을 리얼하게 드러낸 문제작이다. 막이 오르기 전의 서사 가운데에서도 주인공의 처지를 짐작할 수 있다. 고학생 김영일은 학우의 호주머니에서 쏟아진 불온 삐라와 관련된 혐의로 체포되어 유치장에 있던 중 폐렴에 걸려 죽는다. 이런 죽음을 통해서 작가는 당시 조선 유학생의 가난하고 힘없는 처지와 억울함을 고발하고 있는 것이다.

> (……) 거치른 조수, 함부로 들이미는 이때 암흑의 구덩이에 부르짖던 김영일은 과감하게 운명과 싸움하며 자기 신생을 개척하려고 움집의 병든 어머니와 우는 동생을 두고 멀리멀리 扶桑에 고학 서생이 되었다. 때는 눈바람 치는 2월 하순 물질에 울고 영에 애끓던 그 나약한 팔뚝, 뛰는 핏줄기, 싸우고 싸우던 그이니 세상 학대로 필경 사의 함정에 빠져 비참한 최후를 마쳤으니 이것은 그가 약한 죄

인가? 운명의 죄인가? 또는 세상의 죄인가? (……)

•「김영일의 사」

그 무렵 그는 일제하의 조선 현실을 중국 은나라 역사 경우를 빗대어 풍자한 『婆娑』도 발표했다. 은나라의 마지막 왕인 주가 애첩 달기에게 빠져서 주색과 폭정을 일삼다가 민심을 잃고, 결국 분노한 민중과 신하의 시해로 주나라의 무왕에게 멸망한 고사로 다소의 혁명의식도 드러낸 것이다. 이런 내용은 「김영일의 사」에서처럼 그가 인도주의와 사회주의 혁명 사이에서 방황했다는 사실을 나타낸다. 어떻든 조명희는 일본 유학 중 처녀작 「김영일의 사」를 발표하고, 1923년 서울 동양서원에서 한국 최초의 희곡집을 출판함으로써 문단인으로서의 위치를 확고하게 다지기 시작했다.

내가 初學자리 문학청년으로 있을 때 그때 동경서 同友會라는 단체가 있어서 하기휴가의 틈을 타서 학생들끼리 극단이란 것을 꾸미어 가지고 조선으로 나와서 순회 흥행을 할 적이었다. 그때 무대감독으로 있던 죽은 金水山군이 나보고 각본 하나 제공하라는 부탁을 받고는 나도 또한 호기심에 끌리어 내가 劇을 습작하기로도 평생 처음이요. 또는 극작을 할만한 소질이 있고 없음도 불고하고 어쨌든 써

보았다. 그도 또한 급박하다는 시간관계로 단시일 동안에 써서 마친 것이었다. 그런 것이 의외로 김군에게 칭찬을 받았다. 나는 거기에 용기를 얻어 대담하게도 무대를 통하여 세상에 발표하였었다.[23)]

하지만 나중에 작자 자신은 습작기의 엉성한 작품 수준에 대해 부끄러워하며 이미 출판된 단행본을 다 거두어들이고 싶다고 후회했다. 어려운 당시 형편에서는 원고료라도 조금 받아쓰려는 욕심에서 작품을 썼고 또 출판을 맡겼다는 것이다. 포석 자신의 이런 태도는 뒤에 펴낸 첫 시집 경우에도 마찬가지로, 아무래도 그의 주된 장르는 소설임을 알아차리게 한다.

식민지 청년이 뒤늦게 중국의 베이징 무관학교 대신 일본 도쿄에 가서 겪은 문화체험은 시사하는 바가 많다. 평소 동경해 마지않던 서구적 신문화와 경원해 마지않던 일본문학을 터득하고 비판할 안목을 키운 셈이다. 일본에서 공부하는 우리나라의 여러 엘리트들을 만나 교유하고 학생연극 등의 선구적인 연극문화운동에 참여하는 실적도 이루었다. 더욱이 문단에 등장하여 창작문학의 주역으로 활동하게 된 직접적인 성과는 더 말할 나위 없다.

특히 수년 동안의 도쿄 생활에서 포석이 수산 김우진과 가진 동지로서의 교유는 남다른 것이었다. 그것은 결코 호남 부호 아들과 가난한 기호의 선비 자식 사이의 우정은 아니었다. 1920년 신학기던가, 도쿄 극예술협회 주례 모임이 끝난 뒤였다. 주룩주룩 내리는 봄비를 맞으며, 두 사람은 도쿄 만의 스미다가와(遇田川) 개울가의 아카사카(赤坂) 옆 골목 술집에 찾아들어 마주앉았다. 김우진은 점심을 거른 포석에게 우동과 오뎅을 저녁 겸 안주 삼아 권하며 거푸 정종을 따랐다.

"참, 포석은 내 아호를 어떻게 생각허고 있다구요? 초성(焦星)의 뜻이 불타는 화성 같다고 했던가……? 허지만 천만의 말씀이오."

평소 과묵하던 김우진이 자조하는 얼굴로 말했다. 사실 '초성'은 하도 큰 회사 경영만을 강권하는 아버지의 그것〔常星〕에 초조해하는 등신이라는 의미였다. 그래서 이제는 초성보다 더 차분하고 그와 대조되는 수산(水山)이라는 아호를 선호한다고 했다.

그때 초성은 포석에게도 목성(木星)이라는 아호를 권했다.

"포석은 말이요, 나처럼 못난 별이 되지 말고 목성(木星)—주피터쯤 되는 게 좋겠소. 포석이라면 수산보다야 남성적이지만, 그 힘으로는 왜놈들을 이겨낼 수 없거든. ……알겠소? 언젠가 포석은 명희(明熙)라는 이름대로 하늘 높이 주피터 같은 별로 떠서 어두운 한반도를 비추는 문학가가 될 거 아니겠소?"

투박한 호남 말씨로 이야기하는 그의 안경 속 눈빛이 빛나고 있었다.

하지만 이런 벗들의 성원과 열정적인 연극운동의 성과에도 불구하고 포석은 경제적인 어려움 등으로 학업을 중단하고 3년 반 만에 모국으로 돌아오고 만다. 그의 때이른 귀국은 신문학 초기에 일찍 등단하여 조로하게 마련이던 당시의 다른 문인들에 비하면 상대적으로 바람직한 면도 없지 않다. 사실 그는 동년배 문인들보다는 늦은 나이에 유학을 갔다가 귀국한 직후 10년 안팎에 걸쳐서 한반도 문단에 활짝 꽃을 피웠기 때문이다.

카프와 항일문학의 기수로서

일본에서 1923년 초에 귀국한 조명희는 한동안 방향을 잡지 못하고 모색기를 거쳤다. 입지(立志)의 나이인 30세에 이르렀음에도 인생관이나 문학의 길에서 확고한 가치관을 세우지 못하고 있었다. 타고르류의 낭만주의나 고리키류의 사실주의의 갈림길에서 서성이는 현상은 일본에서 고뇌하던 그대로 끌고 온 셈이다.

그러기에 귀국 다음해에 펴낸 그의 시집 『봄 잔디밭 위에』

에는 예전처럼 보수적이고 낭만적인 냄새가 짙은 시편들이 많다. 사실상 이 시집에 실린 시들은 그가 도쿄에 건너가기 이전 시골집에서 문학공부를 하던 시절에 초를 잡은 습작이 태반이었다.

시집의 표제를 이룬 시편을 비롯해서 「나그네의 길」, 「나의 고향이」, 「달 좇아」, 「새봄」, 「어린 아기」 등이 그렇다.

남으로 남으로 북으로 북으로 휠휠히 뻗친 저 길은
가고 오고 가는 이 옛적에나 이적에나
오오 간 이의 그림자도 없는 슬픈 이야기
오는 이의 古畵에 비친 길가는 나그네

아아 수풀의 스치는 바람은 뉘 한숨이며
여울에 우는 강은 누구의 추도인가

낮별과 밤달의 번가는 祭燭
창공의 喪輿盖는 영원히 떠 있어라
• 「나그네의 길」 전문

이 밤의 저 달빛이 야릇이도
왜 그리 사람의 마음을 흔드는지

가없이 가없이 서리고 아파라

아아, 나는 달의 울음을 좇아 한 없이 가련다
가다가 지새는 달이 재를 넘기면
나도 그 재위에 쓰러지리라.

•「달 좇아」 전문

물론 일본에 건너간 이후 새로 쓴 일부는 다소 다른 분위기를 풍기지만, 시집 전체로 보면 시풍이나 테마면에서 통일성이 결여되어 있다.

이런 사실은 작가 자신이 겸손하고 솔직하게 쓴 글에서도 엿 볼 수 있다.

"단행본으로 나온 나의 시집 『봄 잔디밭 위에』라는 것도 그 내용의 반 이상은 잘라 내었으면 좋겠다는 생각을 가지고 있다. 그도 유치한 습작의 것이 많이 낀 까닭이다."[24)]

뿐만 아니라, 적어도 귀국 초기까지는 문학관 면에서도 모색단계에 있었다는 사실을 작가 스스로 밝힌 글에서 만날 수 있다. 사상적으로 방황하던 일본에서와 크게 달라지지 않은 모습이다.

절대 고독의 세계로 혼자 들어가자. 그 광대한 고독의

세계에서 무릎 꿇고 눈 감고 앉아 명상하자. 가슴 속에서 물밀려 나오는 고독의 한숨소리를 들으며 기도하자. 그 기도의 노래들을 읊자. 그러면 나도 '타고르'의 경지로 들어갈 수 있다. '타고르'의 시 「기탄잘리」를 한 해 겨울을 두고 애송하였다. 타고르의 심경을 잘 이해하기는 자기만한 사람이 없으리라는 자부심까지 가지었었다. (……)

'타고르'류의 신낭만주의냐 그렇지 않으면 '고리키'류의 신사실주의냐?

"현실주의다. 현실에 부딪히자, 뚫고 나가자" 하였다.

• 「생활기록의 단편」[25]

중요한 문제점은 포석 조명희의 문학가다운 기틀은 귀국해서 시집을 간행하고 난 뒤부터 본격화되었다는 사실이다. 그것은 다름 아닌 현실생활을 바탕으로 이루어진 일대 변혁이었다. 그의 앞 수기에서 살펴본 대로 1923년 일본에서 대학을 중퇴하고 귀국한 후의 가정환경이 결정적인 작용을 한 셈이다. 처음에는 이전에 써놓았던 다분히 타고르류의 신낭만주의적인 작품을 모아서 시집 『봄 잔디밭 위에』를 갈대와 피리라는 이미지의 아호를 써서 출판했지만 곧바로 변신을 꾀한 것이다.

자전적인 단편 「땅속으로」에서처럼 일본에서 돌아온 포석은 집안 식구들로부터 적지 않게 시달림을 당했다. 도쿄 가서 높은 공부를 한 사람이 군수나 서장으로 출세해서 집안을 돕기는커녕 책만 읽고 들어앉아 있다며 아내를 비롯한 아낙네들과 맏형의 눈치가 극심했던 것이다. 그래서 그는 귀국 이듬해에 입지의 각오로 처자를 데리고 상경했다.

처음 열 달 남짓은 조선일보사에 기자로 나가 일하는 한편 번역소설 원고료까지 받아 가장으로서 생계를 꾸려가며 권농동에서 장남 출산도 맞았다.

> 포석은 1923년에 도쿄에서 귀국한 이듬해에 『조선일보』 학예부 기자로 취직하였다. 그러자 그는 뚜르게네브의 장편소설 『前夜』를 번역하여 『조선일보』에 연재하였다. 그때 포석의 월수입은 상당한 셈이였다.[26)]

그러나 신문사 학예부에서 족제비처럼 비위에 거슬리는 위인의 비행을 규탄한 끝에 사표를 쓰고[27)] 실업자 처지가 되니, 그 생활은 끼니 굶기와 가정불화의 연속이었던 것이다.

셋방살이에다 부부가 팥죽장사까지 하며 어린 사남매를 먹여 살려야 하는 형편이었다. 그런 환경 속에서 그는 카프 결성 무렵부터는 이전의 낭만적인 갈대 피리나 한가한 도가풍의 '둘러싼 돌'이란 아호 대신에 새로 고리키류의 신사실주의적인 성향의 껴안은 돌〔抱石〕을 필명 겸 호로 바꾸어서 썼다. 그것은 어려운 현실 속에서도 억척스럽게 싸워나간다는 의미를 지니고[28] 있기 때문이다.

1925년 초 이전의 낭만적인 운문시를 버리고 새로 산문적인 소설 「땅속으로」를 써서 『개벽』에 발표하면서 조명희의 문학활동이 본격화되었다. 다시 말하면, 조명희 문학의 진수는 희곡이나 시보다는 소설이라는 결론에 이른 것이다. 실제 작품상으로도 이 무렵 창작들이 이전의 과도기적 습작에서 벗어나 튼실한 성과를 보이고 있었다. 이어서 그는 그해 여름 카프 창립회원으로 입지를 분명히 했다.

그리하여 선구적인 문인인 동시에 카프를 선도한 프로 문학의 대부이며, 항일 저항문학의 모범이자 전 소련에 한글문학을 전파시킨 국제고려인문학 창시자로서 포석 조명희의 문학사적 위상이 뚜렷해졌다. 이제 과연 조명희의 작품세계는 어떤 특성을 가지고 있는지 살펴볼 차례이다. 우선 그의 카프적 요소와 항일성 등을 보기로 하자. 러시아로 망명한 이후 국제한인문학에 끼친 영향은 다음 항목으로 넘기기로 한다.

『조선일보』 기자로 일하면서 작가로의 변신을 보인 포석은 첫 소설 「땅속으로」를 『개벽』지에 발표한 1925년 8월 창립된 카프 회원으로 가입 · 활동하였다. 그 후 그는 카프의 열성적인 비해소파로[29] 꼽히는 작가 이기영 · 한설야와 이념적인 동지로서 두터운 교분을 가지며 무산자 계급운동에 가담했다. 그리고 식민지 통치하 빈궁과 압박에 시달리는 민족적 현실을 고발하는 작품을 발표하는 한편, 카프의 방향 설정에도 남다른 관심으로 본을 보였다.

특히 이전의 빈궁 묘사와 자연발생적인 방화나 살인행위로 드러나던 경향파적 단계에서 벗어난 작품쓰기를 손수 실천해나갔다. 1927년부터는 의식적이고 조직적인 자세로 카프 1차 방향전환 문제를 구체적인 소설작품으로 형상화했다. 문제작으로 꼽히는 단편소설 「洛東江」[30]은 당시 무잡스런 이론만을 앞세워 카프계와 민족진영이 논전을 벌이던, 침체되고 곤혹감을 더하던 우리 문단에 신선한 충격파를 불러일으켰다.

「낙동강」은 낙동강 유역에서 어부의 아들로 자란 박성운이 일제의 갈대밭 강탈 등으로 삶의 터전을 위협받게 되자 싸우다가 투옥되고, 병보석으로 풀려난 후 낙동강 물을 건너 귀향하다 죽는 내용이 민요조의 이 지방 노래와 함께 재래의 과열된 이념이나 경제투쟁 일변도의 수준을 넘어선, 한국 카프 문학 역사를 통틀어 기념비적인 작품으로 평가된다.

서두 부분에서부터 투쟁적인 열기가 차분히 가라앉은 대

신 한껏 서정적인 분위기를 자아내고 있다. 포석은 이 작품을 쓰기에 앞서 낙동강 연안을 여러 차례 답사하여 현지 방언과 지형을 조사했다고 한다.

낙동강 칠백 리, 길이길이 흐르는 물은 이곳에 이르러 곁가지 강물을 한 몸에 뭉쳐서 바다로 향하여 나간다. 강을 따라 바둑판같은 들이 바다를 향하여 아득하게 열려있고, 그 넓은 들 품안에는 무덤 무덤의 마을이 여기 저기 안겨있다.

이 강과 이 들과 저기에 사는 인간—강은 길이길이 흘렀으며, 인간도 길이길이 살아왔었다. 이 강과 이 인간 지금 그는 서로 영원히 떨어지지 않으면 아니 될 건가?

봄마다 봄마다
불어 내리는 낙동강 물
龜浦벌에 이르러
넘쳐넘쳐 흐르네
흐르네 에헤야.

철렁철렁 넘친 물
들로 벌로 퍼지면

만 목숨 만만 목숨의
젖이 된다네
젖이 된다네 에헤야.

그 뒤에 그는 남북만주, 노령, 북경, 상해 등지로 돌아다니며, 시종이 일관하게 **독립운동**에 **노력**하였었다.[31]

위에 인용한 글 가운데 고딕으로 처리된 대목은 1927년 작품 발표 당시 일제의 검열 담당자에 의해 ××로 복자 표기된 부분이다. 그만큼 이 작품에는 강한 현실비판 의식과 고발정신이 담겨 있다. 특히 이 작품 중에 인용한 민요조 노래는 민족적 서정과 향토성을 살리느라고 작가가 꼬박 십여 일 동안 눈물 흘리면서 고치고 또 고쳐 쓴[32] 주옥편으로 돋보인다.

단편 「땅속으로」의 경우, 황폐화된 식민지 현실을 신랄하게 묘파하여 성토하고 있다. 시골에서 가난을 벗어나기 위해 서울에 올라온 작중 인물이 실업자로 전전하며 황량한 당시 현실을 통렬하게 비판한다. 일제의 엄혹한 출판검열 속에서도 포석은 항일문학의 치열성을 굽히지 않았던 것이다.

서울은 20만 인구의 도회로서 무직업한 빈민이 18만이라는 말을 신문기사를 보고 알았지마는 세계지도 가운데 이러한 데가 또 있거든 있다고 가리켜 내어 보아라. 말만 들어도 곧 餓死者, 乞食者가 길에 널린 것 같다. 배보다 배꼽이 더 크다는 셈으로 20만 인구에 걸식자가 18만!

나도 물론 이 거대한 걸식단 가운데 新來者의 한 사람이 되었다. 남촌이라는 이방인 집단지인 특수지대를 제외해 놓고 그 외는 다 퇴락하여 가는 옛 건물, 零衰하여 가는 거리거리, 바싹 마른 먼지 냄새로 꽉 찬 듯한 기분 속에서 날로날로 더 敗滅凋殘의 운명의 길로 들어가는 서울이란 이 땅, 아니 전 조선이라는 이 땅, 그 속에 굼질대는 白衣人—瀕死狀態에 빠진 飢餓群.

아무것도 없다! 이 사막에는 이 焦地에는 아무 것도 없다. 마른 땅과 마른 뼈 밖에는 아무 것도 없다! 이 땅에 장차 무엇이 오려노?! 이 무리에게 장차 무엇이 닥치려뇨?![33]

작가는 작중 인물을 통해서 1930년대 초의 수도 서울을 사막이나 불타는 땅〔焦地〕으로 묘파하고 있다. 처절한 절규요 피맺힌 항일저항의 외침이 아닐 수 없다.

단편 「농촌사람들」에서는 한 개인의 성격파탄과 가정파괴 경우를 들어 일제의 횡포와 부조리를 지탄한다. 본디 착하고 부지런하던 농부 원보는 가뭄 때 함부로 물을 대려는 헌병보

조원의 아들을 때린 죄로 1년간 옥살이를 하게 된다. 그 사이 아내는 그 김참봉 아들과 배가 맞아 이혼을 청하고 집을 나가니, 원보는 술을 마시고 홀어머니와 말다툼을 한다. 어린 딸마저 굶는 것을 보고 김참봉 집에 들어가 강도짓을 한 원보는 끝내 유치장에서 스스로 목을 매어 죽고 만다.

다음은 이런 사정들을 지켜본 원보의 친구가 김참봉네를 비아냥대는 대목이다.

"네기랄, 예전 ○○○○같은 ○○○나 또 이 ○○○○○?" 하고 한 사람이 침묵을 깨뜨린다.

"사람이 조금만 더 배가 고파 봐. 악이 나서 무슨 짓을 못하나."

"제발 ○○이나 ○○, 경칠 거."

"흥, 부자 될 수 밖에. (……) 더구나 지금은 동척회사 사음이고, 지독하게 긁어모으니 부자 될 수밖에. ……게다가 (……) 군청이고 척식회사고 헌병소고 다 무엇 세도가 막 난당이지.[34]

그런가 하면 단편 「춘선이」에서는 일제에 의해 참혹해진 식민지 백성의 총체적인 피폐상을 고발, 제시하고 있다. 농사를 지어도 빚 갚기에 지쳐서 친구 응칠이네 웃방을 얻어들어 사는 춘선이가 응칠이와 대화하는 내용에서 일제에 대한 부정적인 의식을 읽을 수 있다.

"아따 우리 동리 조합간부 박찬서 말이야. 그런데 참 일본 놈들이 수천 여 호나 이민으로 나온다고. 그것이 나오는 날이면 가뜩이나 살수 없는데 우리네 조선 사람은 더 쫓겨나간다고…… 땅 없는 사람은 장차 어떻게 살아야 좋을지……."

"간도로나 갈 수밖에."

"간돈들 누가 안다던가. 거기도 호인의 인상이 사납고 관리의 압박이 심하다는 말만 자꾸 들리네."[35)]

단편 「새 거지」에서는 왜놈한테 남편마저 잃은 장돌이 어머니가 상경하여 고무신 공장에서 일하다가 실직한다. 그 후 거지꼴로 추성문 마루에 버려진 그녀의 경우를 들어 당시 식민지 체제에 항변한다.

"과연 이 서울은 왜놈들의 손아귀에서 시달리고 시달리면서 살다가 못살게 된 조선사람을 아무데나 내어뱉어 버리는 것이 아니고 무엇이냐? 그대들의 이렇게 참혹한 생활 형편은 일본 제국주의 부르조아 놈들에게 착취와 억압을 당하기 때문에 이렇게 된 것이다."[36]

또한 포석은 러시아 땅으로 망명을 떠나기 직전에 쓴 단편 「아들의 마음」에서도 일본에서 노동하다가 병들고 다쳐서 허름한 병원에 입원한 한 노동자의 입을 통해서 항일을 외친다. 그는 같은 병실에 누워 있던 조선 유학생으로부터 조선에도 여류비행사가 출현했다는 소식을 알게 되는데, 그 주인공은 다름 아닌 화자의 옛 고향 친구였다. 어릴 적에 만주로 이민 가서 북벌군에 비행사로 참가한 금순이였던 것이다.

"야, 금순이가 과연—중국혁명을 위하여—아니 세계 무산계급해방을 달성하기 위하여."

나는 그렇게 생각하여 새로 한층 더 힘을 주었다. 주먹을 불끈 쥐었다.

"나도 무장을 하고 싸하자. 민족해방을 위하여—너는 중국에서 나는 조선에서—."[37]

생활난과 처자들 간의 애증문제

서른 살에 스스로 고향 진천을 떠나 상경한 포석은 낯선 서울살이에 시달리기 시작했다. 올망졸망 가장을 따라 올라온 식솔을 거느린데다 상경 일 년 만에 직장을 그만둔 그에게 숱한 시련이 이어졌다. 그것은 끼니 굶기와 그에 곁들인 아내의 바가지, 그리고 밤낮 이어지는 원고지와의 싸움에서 오는 삼중고(三重苦)였다.

이 무렵 포석의 삶에는 크게 두 가지 문제가 있었다. 그 하나는 어쩔 수 없을 만큼 심각했던 가난이었음은 자전적인 소설 가운데서 자주 발견된다. 또 다른 하나는 아내와의 정 없는 관계임을 체험적인 그의 작품들에서 엿볼 수 있다. 이들 두 가지 요소는 무엇보다 실제체험의 기록을 통해서 얻어낸 소설 장르로의 전향에서 성공적인 효율성을 드러낸 사실로도 확인할 수 있다.

포석이 가난한 환경에서 살았던 사정은 특히 일본에서 귀국한 다음의 경우에서 절실하게 와 닿는다. 어쩌면 그때 겪은 곤궁이 조명희 문학을 이전의 방황과 모색단계를 벗어나서 현실적 투쟁의 리얼리즘으로 전환시킨 원동력이 되었는지도 모른다. 예의 타고르적인 신낭만주의 길을 버리고 고리키류의 신사실주의로 돌아선 것이다. 그리고 관념적이고 보수적인 세계에서 방황하던 때의 산물인 희곡과 시 대신 새삼스럽게 소설 장르를 택해서 썼음에도 성공을 거둘 수 있었던 것은, 그 궁핍한 현실적 삶이 그대로 독자들에게 호소력있게 다가섰기 때문이라 볼 수 있다. 그것은 1917년 춘원이 와세다대학에 가서 공부할 무렵 한국 최초의 신문 연재소설이었던 『무정』을 그 자신의 체험을 바탕으로 하여 성공시킨 경우와 크게 다르지 않다.

도쿄에서 돌아와 고향집에 눌러 지내다가 서울로 올라왔을 때의 사정과 포석의 심정을 그 무렵에 써서 1925년 초에 발표한 단편소설 「땅속으로」에서 살펴볼 수 있다.

내가 서울 와서 보니 몸 하나 둘 곳도 별로 없다. 처음에는 친구의 뒤꽁무니를 따라 다니며 얻어먹고 끼어 자고 하다가 그도 오래 할 수 없는 일이라 우선 외상밥이라도 먹어야 하겟기에 어느 친구의 지시로 하숙에 들어가서 있다가 필경에는 거기서도 밥값으로 인하여 쫓겨나고 말았다. 그 다음에는 또 주인 있는 남의 사랑방에 가서 붙어 있는 친구를 쫓아가 덥붙이기 노릇을 하여가며 사먹는 것이라곤 상밥, 설렁탕, 호떡 그도 없으면 굶고—이 모양으로 봄을 보내고 여름도 또한 다 가게 되었다. 나는 오륙 삭 동안을 어찌 지내어 왔는지 꿈결같이 아득하다. 內省生活이고 예술 창작이고 무엇이고 다 이 기분과 이 생활 속에서는 생각하고 돌아다 볼 겨를이 없었다. 그것도 처음에는 굶는 때가 간혹 있다 하더라도 그 배고픈 고통을 달게 여기고 참아 나갔지마는 그것도 너무 시들하도록 도수가 지내어 가니까 별 수 없다. 사람이 그만 구복을 위하여 사는 동물이 되고 말았다. 그리하면서도 자기의 약함을 뉘우치는 때도 있었다. 그러나 하는 수 없다! 그만 개나 도야지 같은 동물로 타락되고 말았다. 여기에 한 가지 예를 들어 보면—그다지 도수가 지나도록 배가 고프지 아니할 때에는 길에 나서면 그래도 무슨 詩想도 나고 사색도 일어나고 하더니 그 고비를 지내고 보면 이것도 저것도 없다.

길에 널린 것이 모두 다 먹을 것으로만 보인다. 돌덩이고 나무 조각 같은 것이 무슨 떡 조각이나 면보 조각으로 보인다. —그러다가 좋은 운수가 터져서 배를 채우고 나게 될 때에는 白痴나 小兒 모양으로 일종의 희열과 만족을 느끼게 된다. 乞人의 심리를 잘 짐작할 수 있다.[38]

이렇게 리얼한 가난 체험 장면을 읽노라면 포석 자신이 문예지에 '나의 현재'라는 부제를 달아 발표한 「短文」이라는 글이 눈길을 끈다. 그런 급박한 생활고 가운데서는 고리키류의 문학관이나 처세로 대응할 수 없었던 것이다.

지금 내게 가장 절실한 문제는 밥과 또는 내 양심 이 두 가지밖에는 아무 것도 없다. 이것은 어떤 사상에서나 관념에서 오는 것이 아니고 동물과 인간의 특이로 생겨난 나라는 것의 본능과 이성에서 나오는 것이겠다.

배고픈 고통 앞에 무슨 고상한 사상이고 이상이고가 있겠느냐? 제 양심의 비위짱이 틀리는 마당에 세상이고 무엇이고가 있겠느냐? 지금 나는 내가 이 발가숭이 빈껍데기 사람으로 된 것이 도리어 영광으로 생각된다.

다만 밥과 양심, 이것만 위해서 싸울 따름이다. 그 끝으로 어떤 광명이 올는지, 암흑이 올는지 그것도 모르겠다. 다만 싸워갈 뿐이다. 그러나 나란 물건이 그다지 의지의 사람이 못됨을 잘 안다.[39]

단편 「저기압」의 서두 부분에서는 상경한 이후 가까스로 신문사 기자 일을 맡아 출근했지만, 권태만 쌓여갈뿐더러 지식인의 회의에 사로잡힌다는 사정이 드러난다.

생활난, 직업난으로 수년을 시달려 왔다.

이 恐慌 속에서도 값없는 생활──無爲한 생활로부터 흘러나오는 권태는 질질 흐른다. 공황의 한 재를 넘으면 권태. 또 한 재를 넘으면 권태.

(……)

×××

'십 년만에야 陵參奉하나 얻어걸렸다'는 격으로 신문기자라는 직업을 겨우 얻어가지고 '이제는 생활걱정의 짐은 좀 벗었으려니'하였으나. 또한 마찬가지고 생활난은 앞에 서서 가고 권태는 뒤서서 따른다.

열한 시가 지나서 신문사 입문 댓돌 위 무거운 발을 턱턱 올려놓았다. 오늘도 또한 오기 싫은 걸음을 걸어왔다.[40)]

그러다가 한 가정에 적지 않은 위기가 닥쳐와 클라이맥스를 이룬다. 밀린 방세 문제로 승강이하다가 기어코 다른 집 살림을 들여놓으려는 데서 시비가 생긴 것이다. 내외를 비롯해서 어린아이들까지 놀라서 우니, 수난이 아닐 수 없다. 물론 이 작품에 등장하는 병석의 노모 설정 등도 사실에 근거한 만큼 그런대로 리얼리즘 문학을 추구하는 작가의 현실감각이 아닐 수 없다.

×××

이른 아침에 나 사는 집 문간에는 야단이 났다. 그 야단이란 것은 다른 것이 아니다. 뻔히 사람이 안방 건넌방에 꽉 들어서 사는 집에 난데없는 이삿짐이 떠들어온다.

"사람 들어있는 집에 온다 간다 말없이 이삿짐이 웬 이삿짐이란 말이오. 안 되오. 못들어오오."

하고 대문 안으로 들어오려는 이삿짐을 막았다.

"집주인이 가라니까 왔는데. 남의 집에 사글세로 들어

있는 사람이 무슨 큰 소리란 말이오?"

"큰 소리? 사글세로 들어 있든지 어쨌든지 내가 들어 있는 담에는 안 되오."

"어디 봅시다."

하고 이사 올 사람은 어디로 달려간다.

조금 있다가 집주인 노파쟁이가 성낸 상파닥을 하여 가지고 쫓아오며 소리를 고래고래 지른다.

"남의 집을 세 들어 가지고, 넉 달 치나 세를 떼먹고…… 낯짝이 뻔뻔하게, 들어오는 이삿짐을 막다니…… 이런 수가 있나? 이런 도적의 맘보가 있담?"

(……)

대문짝이 왈칵 자빠지는 소리가 들린다. 그 옆에 섰던 우리 집 여편네하고 집주인 노파하고 싸움질이 나는 모양이다. '이년, 저년' 소리까지 들린다.

나는 건넌방에서 꼼짝 아니하고 누워 있었다. 이삿짐은 들어온다. 안방으로 마루로 그뜩 쌓인다. 안방에 누워 있던 病母는 건넌방으로 쫓겨 건너온다.

우리 집 여편네는 달려들며 망신당한 분풀이를 내게 하려든다.

"사내라고 돈을 얼마나 때깔 좋게 벌어들이면 여편네를 이런 고생살이 끝에 망신까지 시킨단 말이야."

그렇지 않아도 민망한 생각이 나던 터에 이 말에는 그만 역증이 난다.

"예끼, 망할 계집년. 사람의 속을 몰라도 분수가 있지. 소 새끼 같은 계집년! 이렇게 하고 사는 것도 호강인 줄만 알아라!"

저쪽의 발악은 더하여 간다. 참다못하여 그만 발길로 한 번 걷어질렀다.

자빠지며 하는 소리다.

"계집을 굶기고 헐벗기는 대신에 밟아 죽이려 드는구나!"

계집의 잔 사설, 세 새끼의 울음소리, 어머니의 걱정 소리, 아주 아우성 판이다.

나는 그만 밖으로 뛰어나오며 혼자 한 말이다.

"네기…… 이 조선 땅 젊은 놈의 썩는 속은 누가 알까? …… 저기 가는 저 소나 알까?"[41]

소설 끝부분에서는 모처럼 식구들이 고기와 쌀밥을 먹으며 평화롭게 지내는 장면으로 마무리하고 있어 재미있다. 신문사에서 기자로 일하는 가장이 삼 개월 밀렸던 월급 135원을 한꺼번에 받아쓰는 이야기다.

"가자, 가자 어서 집으로 가자!"

"방을 하나 얻어서 집을 옮기고, 양식과 나무나 좀 사고
……"

그렇게 뇌던 가장은 결국 밤새워 술을 마시고 외박한 다음 이튿날 집에 들어간 것이다. 가난에 찌든 선비의 삶에 내린 모처럼의 무더위 속 소나기 같은 해학이 아닐 수 없다.

우리 집 골목을 접어들어서며 나는 발소리를 숨기고 귀를 자주자주 재게 된다. 대문턱에 이르러 가만히 서서 귀를 기울였다. 아무 소리도 들리지 않는다.

"모두 죽었나? 죽지는 아니하였어도 굶어 늘어져서들 누웠나?"

쑥 들어가 보니, 늘어지기는커녕, 멀쩡하니들 지껄이고 앉아 있다. 다만 여편네란 사람이 의심난 눈으로 나를 한번 훑어본다. 간밤에 어디서 자고 왔느냐는 의미인가 보다.

주머니 속을 뒤져보니 쓰고 남은 돈이 얼마 들어 있다. 내가 밖으로 쫓아나가 쇠고기 두 근 사서 들고 쌀 한 말을 사서 들리고 아이들 줄 과자도 좀 사가지고 들어왔다.

"왜? 쌀은 그렇게 적게 팔고 고기는 많이 샀어?"
하고 말하는 여편네는 기쁜 빛이 얼굴에 넘친다. 아마 내가 돈이 많이 생긴 듯싶어서 그러는 모양이다. 이때껏 칭얼대기만 하였으리라고 했던 아이들도 새로운 활기를 얻

어 방안에서 뛰논다.

'굴꺽굴꺽', '후룩후룩' 참 잘들 먹어댄다. 고깃국 맛이 매우들 좋은 모양이다. 이것을 보고 나는 한번 빙그레 웃었다. 두 가지 세 가지 빛으로 섞은 웃음을 웃어 보는 일도 근래에 처음인 듯싶다.

갑자기 나는 멜랑콜리한 기분에 싸여 갑갑한 가슴을 안고 밖으로 튀어 나왔다.

바깥은 날이 몹시 흐리었다. 후덕지근하다. 거리에 걷는 사람도 모두 후줄근하여 보인다.

"어—. 참 갑갑하다!"

이 거리에, 이 사람들 위에 어서 비가 내리지 않나? 차라리 날이 개던지……. (1926. 10. 14)[42]

이런 작가 자신의 생생한 작품 내용 못지않게 다음과 같은 김소운 시인의 재미있는 회고록이 좋은 뒷받침을 해준다. 당시 포석을 비롯한 문인들의 교우관계며 그 성품과 살림 형편이 선연하게 드러나 있다. 일본의 유명작가 아쿠타가와와 닮은 조명희의 풍모에다 삼청공원 가까운 종로구 소격동에서 살던 포석네 살림터수도 짐작이 되고 남는다.

당장 아침 끼니를 때울 쌀이 없어서 손님한테서 돈을 꿔야 하는 처지가 실감난다. 특히 그때 빌린 5원을 약속한 기일

안에 갚기 위해서 밤늦은 시간에 먼 눈길을 걸어와서 전달해 주고 가는 인품이 각인되고 남는다. 앞에서 살펴온 바처럼 스스로의 삶을 진솔하게 반영한 작품 텍스트와 함께 실제의 모습이 입체화된 포석의 실체를 드러내고 있는 셈이다.

포석 조명희씨를 대하면 마음은 구김살 없는 소년으로 되돌아간다. 포석 댁은 昭格洞—空超선생이 사는 錬洞과는 지척이다. 힘주어 밀면 부서져버릴 것 같은 대문에 안채엔 방 둘, 아래채 하나, 부인과 어린 자녀 셋—그런 살림이었다.

포석을 처음 만난 그날부터 그의 인간적인 매력은 나를 압도해 버렸다. 일본작가 '아쿠타가와'(芥川龍之介)와 어딘지 닮은 풍모인데, 그 단정한 얼굴은 언제나 침울에 잠겨 있었다. 그 얼굴에 가끔 쓰디쓴 웃음이 떠오른다.

낮에는 帝通 기자 노릇을 하면서도 밤이면 자주 포석 댁을 찾아갔다. 어느 때는 밤이 늦어 포석과 한방에서 자고 오기도 한다. 그럴 때마다 포석은 소년 같은 정열로 내게 새로 쓴 시를 읽어주고, 시론의 원고를 들려주고 하면서 밤 깊은 줄을 몰랐다.

그의 시나 시론이 어디까지 내게 이해 됐는지는 모른다. 그러나 내가 포석에게서 배운 것은 문학의 지식이나 시의 기술이 아니요, 빈곤과 오뇌 속에서도 언제나 돋아나는 떡잎같이 신선한 그의 정열—추호의 타협이 없는 꼿꼿한 신념—그것이었다.

나는 이날까지 시인이라는 이름을 가진 이를 허다히 보아왔다. 내 나라에서나, 남의 나라에서나—그러나 내 눈에 비친 그런 시인 중에는 포석처럼 자기 자신에 대해서 준엄한 시인은 없었다.

어느 날 새벽 포석 댁에서 밤을 새운 나는 잠결에 부인이 와서 남편을 부르는 나지막한 목소리를 들었다. 쌀이 없다는 그런 말을 하는 것 같았다.

부인이 나간 뒤에 포석이 내 쪽을 보면서

"소운—돈 좀 가진 것 없소?" 하고 물었다.

"있습니다. 얼마나 드릴까요?"

"한 5원만—내일은 어렵고 모레 안으로 돌려 드릴께—."

"괜찮습니다. 지금 당장 쓸 돈도 아닌데요."

나는 자리에서 몸을 일으켜 5원 지폐 한 장을 주머니에서 꺼내어 포석께 드렸다.

하루 사이를 두고 밤들어 눈이 내리기 시작하더니 그 다음날도 진종일 눈보라가 그치지 않는다. 밤 10시나 되었을까—三坂通(지금의 동자동) 내 숙소의 문을 두드리는 소리가 났다. 나가보니 전신에 하얗게 눈을 들러쓴 포석이 서 있었다.

"늦어서 미안하오. 돈이 좀 더디 돼서—."

그러면서 포석은 5원 지폐 한 장을 내 손에 쥐어주었다. 소격동에서 삼판통까지는 거의 10리 길이다. 더우기 이 밤중에—이 눈길을—. 아무리 약조를 했기로니—나는 포석의 그 고지식이 되려 원망스럽기도 했다.[43)]

문제는 그 찌든 가난보다 더한 포석의 처자에 대한 애증관계이다. 깊고 아기자기한 사랑의 정이 넘친다면야 숱한 가난도 기쁜 추억이 될 수 있겠지만, 포석의 경우에는 그러지 못하여 안타깝기 그지없다. 남녀간의 정은 마음대로 되는 것이 아니라서 결혼과 이혼은 선택적일지 모른다. 그런데 자녀에 대한 사랑은 선택이 아니라 거의 숙명적일 만큼 정해진 인간의 도리이리라. 하지만 자녀에 대한 사랑도 배우자에 대한 정이 있고 없음에 영향을 받아 다소간의 변화가 따를지 모른다. 포석 조명희의 경우 이런 문제는 어떻게 이해될 수 있을까 생각해야 할 과제인 듯싶다.

앞장에서 살펴보았듯이 열네 살 철부지 적에 장가든 이래 포석은 새댁 때부터 아내 민식에게는 별로 정을 느끼지 못했던 것으로 보인다. 느린 충청도 말씨와 소녀처럼 갸름한 얼굴에 키가 보통 크기의 신랑 어깨밖에 차지 않게 작아서만은 아닌 듯싶다. 그 민씨라는 성과 외자인데다 운치 없는 인상의 이름에서 받은 선입견 때문일까. 아니, 그보다는 시골에서 한글이나 익히고 신식 학교공부를 하지 않은 부인과 대화가 원활하게 이루어지지 않은 점도 있는 것 같다.

그렇다고 포석이 일반 여성들과 사귄 전력은 발견되지 않는다. 본인 스스로 쓴 「느껴 본 몇 가지」란 글을 보더라도 여성은 바라만 보았을 뿐 연애한 경력은 없었던 것으로 파악된다. 사춘기를 지나고 청년기에 이르도록 20년 남짓 고향마을에서 살았던 여건상 그는 다른 여성들과 사귈 기회가 적었던 셈이다.

> 연애라고는 말만 듣던 20이 훨씬 넘은 사람이 뒤늦게 가서 이웃집 어느 일본 처녀의 눈찌에 걸려들어 얼굴이 붉어지고 가슴이 두근거려 본 일도 처음 당하여 보던 일이오.[44]

아무래도 포석 부부간의 금실이 좋지 않았음은 그의 자전적인 소설 「땅속으로」에서 확인할 수 있다. 일본 유학에서 돌아와 시골집에서 지내고 있을 때 밤에 '아버지'를 부르는 어린 두 딸을 앞세우고 남편 방에 들어오는 아내를 대하는 대목에 여실히 그려져 있다. 그 꾀죄죄한 잿빛의 무명저고리며 땀냄새 밴 흰색 치맛자락이 눈에 선하다.

"왜들 들어왔니?"
하고 나는 윗목에 멧산 자로 한 덩어리져 앉아 있는 세 모녀를 보고 말하였다. 그들은 아무 대답도 없다. 아내라는 사람은 등잔불을 측면으로 대하고 앉아서 벽에 비친 그 얼굴 그림자 중앙에는 쑥 내민 광대뼈가 옆으로 엇비슷하고 문스릇한 산봉우리를 그리었다.
'어지간히 말랐군.'
하고 나는 속으로 생각하며 말했다.
(……)
"들어가긴 왜 들어가요. 여기서 잘 걸."
이러한 무신경 몰염치한 따위였다.
"자? 여기서 자? 그러지 말고 아이들이나 두고 가든지…… 안방이 좁고 하니. 당신이나 어서 들어가오."
하고 어찌하였든지 귀치 않은 것을 떼여 쫓아 들여보내려고 타이르는 말조로 하였다.
"들어가긴 왜 들어가요? 나는 여기서 자고 내일이라도 서울 가신다면 나도 따라갈 걸. 사람이 이 노릇을 하고 사느니 죽어버리지."
"무엇 어째? 참 기막힌 소리도 다 한다. 살고 말고 그런

것은 다 몰라. 나는 나 혼자 할 일만 다 하자 하여도 기막힌데, 살리기는 누구를 살려. 그러고저러고 다 듣기도 싫고 보기도 싫어."

"모르면 누가 안단 말이요?"

(……)

"그러면 우리 세 모녀는 죽어 버리자!"

하는 목소리는 목구멍을 긁어 나오면서도 떨렸다.

저의 어머니의 얼굴만 바라다보고 있던 두 아이는 차례로 잇대이며,

"어머니, 어머니."

하며 그 어머니의 옷자락을 붙든다.[45)]

이렇게 집 식구들에게 역정을 내는 주인공(나)도 어린 딸들이 측은하여 머리를 쓰다듬어주며 뉘우치곤 한다. 이런 모습에서 그의 인간적인 고뇌와 솔직하고 따뜻한 체온을 느끼게 된다. 처자에 대한 그의 애증 가운데 상당 부분은 당시의 부정적인 식민통치 사회현실에 뿌리를 두고 있음을 알 수 있다. 그러지 않고서야 죄 없는 어린 딸들까지 학대하지는 않을 것이기 때문이다.

"저 아버지한테로 가거라. 아버지한테 가"

한다.

어린 딸은 주저주저하며 내 옆으로 온다. 나는 그를 안았다. 그의 손을 만져보기도 하고 볼을 대어보기도 하였다. 아마 이것도 처음일 것이다. 동물의 본능으로 자식 귀여운 생각이 아니 날 수 없다. 나는 거듭 이쪽 뺨을 대어보았다.

내 무릎 위에 앉아 까막까막하고 등불을 쳐다보는 그 눈은 몹시 귀여웠다. 유리알 같이 맑은 눈이었다. 그는 꼭 다문 어여쁜 입을 방긋이 벌리어

"저기 저 모기…… 소리해, 남모르는 소리두 하지……."

하고 이런 동화 같은 말을 한다. 그 말을 들은 나는 신통한 생각이 매우 나서 곧 입을 한번 대려 하였다. 그러나 그만두었다.

(……)

'조선 사람에게는, 아니 내게는 이것조차 뺏어갔구나! 우주 생명으로부터 내어버린 자식이로구나. 그러나 어디 좀 견디어 보자.'

이렇게 생각하고 나는 속 눈동자를 뒤바꿔 굴려 내려감았다.

(……)

"에이그, 지긋지긋한 년, 급살을 맞을 년!"

하고 그는 또 아이를 때린다. 무교양, 무세련하고도 악착한 표정이 얼굴에 드러난다. 아이의 울음소리는 더 높아간다. 나는,

"이 살림살이 시작이 지옥의 初入이로구나."

하고 화를 펄쩍 내며 밖으로 뛰어나가 툇마루 끝에 가서 걸터앉았다.

그는 더 계속하며,

"아이고 지긋지긋……."[46]

태어나면서부터 일제의 강압적인 식민통치 체제 속에서 살아온 조명희의 삶은 가난과 수난의 나날이었고 불만과 갈등의 연속이었다. 그런 불합리한 사회에서 살면서 갈등을 이겨내려고 무진 애를 쓰며 인내해왔다. 그래서 베이징으로 가서 무관의 길을 찾으려다가 시골에 내려와 참고 지냈던 것이다.

뒤늦게 일본에 건너가서 고학했지만 학비조달에 막힌 나머지 귀국하여 다시 농촌생활을 했다. 그러다가 새 삶의 길을 찾아 지닌 돈 없이 무작정 상경해 처자를 거느리기에 노력했는데도 시종 고단한 고전이 계속될 뿐이었던 것이다. 모처럼 일 년 가까이 신문사에 나가면서 일했지만 비위에 거슬린 꼴을 참아내기 힘겨웠던 터이다.

상경한 이후 몇 년 동안 셋방살이로 전전한 과정을 되돌아

보더라도 그 고생살이가 짐작되고 남는다. 그것은 어려운 살림 형편을 속속들이 적어놓은 단편 「저기압」에서도 살펴본 바 있다. 사글세가 밀려 방을 내놓으라는 승강이에다 역정스런 부부 싸움만이 아니다. 사실 포석은 일 년이 멀다하고 숱하게 방을 옮겨다녔던 것이다. 장남이 태어난 서울 권농동 52번지, 적선동 84번지, 차남이 태어난 서울 체부동, 작품에도 드러나는 삼청동, 그리고 소격동 및 통의동 등지를 전전했던 것이다.

포석은 여러 복합적인 원인들로 기진맥진해진 처지에서 새로운 제삼의 국외탈출을 노리게 된다. 그것은 일본에서 공부할 적부터 몇 차례 친구 김우진과 모의해오던 일이기도 했다. 일제 식민통치 속의 숨막히는 듯한 압박감과 불안감, 헤어날 길 없는 가난, 단칸방과 다름없는 셋방에 식솔들과 엉켜 사는 틈새에서 행하는 글쓰기는 그를 견딜 수 없는 불면증에 시달리게 했던 것이다.

게다가 아무래도 이겨낼 수 없이 더해가는 정 없는 처에 대한 싫증과 함께 네 남매를 향한 역정은 가장인 자신의 죄책감으로 이어져서 심신이 심히 피폐해진 상황이었다. 소설 「저기압」에서 작가는 "이 몹쓸 아귀들! 내 육신과 정신을 뜯어 먹는 이 아귀들!", "아아 이제 그 꼴을 보기도 참 싫다!

그 시덥지 않은 생활을 되풀이하기도 참 멀미난다!"고 뇌고 있다.

그 무렵을 전후해 국내사정이나 국제정세마저 흉흉하기 이를 데 없이 날로 어둡게 돌아가고 있었다. 더구나 창작집인 『낙동강』을 펴낸 뒤로는 종로서 형사들의 눈에 쌍불을 켠 미행이 심해가고 있었다. 포석은 기울어져가는 나라며 따분한 자신의 삶이 답답하기 그지없었다. 그런 가운데 그는 신년호 신문에 발표한 글을 통해 답답증을 털어보려 했다. 그 혹독한 현실에서 돌로 만들어 세운 광화문 해태가 장안을 한바탕 내닫거나 삼각산이 화산 폭발이라도 하기를 바라는 간절한 문인의 속내를 알아주는 사람이 있을까 싶었다.

하도 따분한 갑갑증이 나서 속으로 부르짖어 보았었다.
"저기 저 광화문 앞 해태가 우렁차게 소리치며 장안 큰 거리로 냅다 한번 내달렸으면 좋겠다!"
"저기 저 삼각산이 화산이나 한번 터졌으면 좋겠다!"
아주 죽고 말까? 아주 절망 뿐일까? 암흑 뿐일까? 이 추위 속에서, 이 기아 속에서, 이 ××밑에서—아니다. 광명이 있다! 살길이 있다![47]

그렇게 거의 극한상황 속에서 포석은 오래도록 벼르고 별러왔던 국외탈출을 꾀하는 것이다. 그것은 심신이 파김치가 된 당시의 포석의 처지를 감안할 때 단순히 무책임한 현실도피로 속단할 일이 아니었다. 불개미 극단과 공산당 재건의 접선 줄을 캐내려는 경찰 고위층의 관직 특혜 회유[48]에 이은 고등계 형사들의 압박도 한몫을 했다. 적어도 극도의 위기상황에 처해 있던 포석에게 소련은 자유와 꿈의 세계였고, 새로운 삶이 이루어질 구원의 공간, 지상낙원으로 여겨졌던 것이다. 그래서 그는 한사코 목숨을 건 망명길을 선택하기에 이르렀다.

소련 망명을 결행할 무렵

포석의 나이 35세인 1928년 5월 그믐께였다. 청진동 골목에서 늦은 점심 겸 저녁으로 선지해장국을 혼자서 먹은 포석은 피맛골 쪽으로 향하였다. 검정색 무명 두루마기를 걸치고 해묵은 검정 중절모자를[49] 쓴데다 헐어서 진흙투성이인 구두를 터덜터덜 끌면서 걷는 행색이 몹시 지쳐 보였다. 골똘히 생각에 잠긴 표정으로 발걸음을 옮기던 포석은 허름한 가게 앞에서 멈춰선 채 담배를 피웠다. 집 간판 옆 귀퉁이에 세워진 전봇대 밑에 웅크린 듯 자리잡고 있는 팥죽집이다. 모두 서너 평쯤이나 될까, 포장마차와 판잣집 형태를 절충한 그곳은 단골들에게는 '등불집'으로 통하고 있었다.

포석은 일 년 전만 해도 불개미집이란 이름으로 너댓 달 팥죽장사를 한 적이 있다. '불개미집'이란 이름은 김복진 · 김기진 형제를 포함해서 조명희 · 안석주 등이 결성한 '불개미극단'[50] 회원들이 지어준 것이었다. 불개미집이나 등불집이나 묘한 불 이미지로 동지적인 연결성을 지니고 있었다.

각기 충청도에서 올라와 포석을 만나 형제처럼 3, 4년을 가까이 산 민촌(이기영)의 증언이 참고가 된다.

포석과 민촌 두 가족이 청진동 사글세 집 아래위 방에 일가처럼 함께 살면서 민촌 부인이 팥죽장사 일을 가끔씩 도와주었다.

> 날이 갈수록 가난에 쪼들리는 그들은 전세방도 얻을 수 없어서 사글세방살이로 쫓기어 다녔다.
>
> 그 무렵에 나도 서울에서 명색 살림을 시작했었는데 포석과 똑같은 처지에 있었다. 포석이 궁여지책으로 팥죽장사를 할 때는 한집 속에서 같이 살았다. 나는 그집 건넌방 한 칸에서 살았고 포석은 바깥 채 두 칸 방에서 팥죽장사를 했었다. 그 집 주인은 한집에 살면서 셋방을 주었는데 집이래야 사개가 뒤틀린 낡은 초가였다.
>
> 원고 쪼박을 써가지고서는 도저히 식구들의 호구책을 도모할 수 없게 되자 포석은 팥죽장사로 연명할 것을 고안해냈다. 한데 장사는 밑천이 있어야 한다.

도쿄에서 사귄 대학 동창 김수산을 그의 집(목포)으로 찾아가서 포석은 사정 말을 하고 현금 2백원을 얻어왔다.

그러나 포석은 팥죽장사도 실패하였다.

본래 장사란 이악해야 되는데 포석은 그렇지 못 하였다. 난생 처음 서투른 장사를 시작했는데 그는 선심까지 쓰려 들었다. 바꿔 말하면 포석은 장사꾼의 입장에서가 아니라 사먹는 사람의 처지를 동정해서 팥죽을 팔았다.[51]

팔자에 없다 싶게 난생 처음인 팥죽장사[52]가 포석에게는 힘겨웠던 만큼 더 생생하고 아름다운 추억으로 다가왔다. 아내가 큼직한 가마솥에 팥을 삶는 사이 하얀 김 속의 구수한 팥 냄새를 맡으며 아이들과 둘러앉아 땀 흘려 찹쌀가루로 새알을 빚던 식구들 모습은 아름답기 그지없었다. 마당에서 장작을 패던 중 땀 밴 손바닥에 물집이 생겨 쓰렸지만, 차라리 도끼질하는 육체적 노동이 온갖 번민을 털어버리는 듯 상쾌하기 그지없었다. 한 대접에 1전, 2전 하던 팥죽은 이래저래 배고픈 문인들의 무료 급식으로 본전치기였지만 보람도 있었다. 무엇보다 굶기를 밥 먹듯 해온 아이들에게 몇 달이나마 실컷 배불리 먹일 수 있었으니 말이다.

그 팥죽집은 예의 가난한 불개미 단원에 대한 무료 급식으로 밑천이 떨어진데다 몇 가지 문제가 생겨서 장사를 계속하기가 어려웠다. 당시 관할 파출소에서는 불법 영업에 비밀 회합소라 해서 계고장을 보내며 귀찮게 굴고 마침 차남인 넷째의 산월이 임박하기도 해서 문을 닫고 말았다. 그리고 불개미 단원이자 민촌 부인(홍을순 여사)의 친척이 새 팥죽집을 내겠다고 하여 맷돌이나 솥단지까지 다 넘겨주었다. 그 집이 바로 등불집으로, 이 '등불'이란 이름은 민촌 부인의 부탁을 받고 포석이 직접 지어준 상호였다.

그때 포석은 부디 어려운 사정이 밝아짐과 동시에 이전 가게에 이어 불개미 떼처럼 일어나는 혁명의 불을 함께 지피자는 뜻이라고 설명했었다. 하기는 민촌 부인이 먼저 상징적으로 두어 가지 특색 있는 등불로 이미지화해보면 좋겠다고 말했었다. 그런 방법이 동지들의 의기투합을 이끌고 일반인들에게도 상업적으로 선전이 되어 일석이조의 효과를 얻을 수 있으리라 말했던 기억이 새로웠다.

비록 상호가 팥죽집이라는 글씨보다 더 조그맣고 장소도 비좁았지만 여러모로 실속이 있었다. 그 공간이 한 가정의 생계를 위한 수입처이며 카프 동지들의 아지트로서 단골 회합 장소요 휴게소인 동시에 연락본부가 된 것이다.

1925년 8월의 카프 결성 때도 등불집과 분위기가 비슷한 해장국 골목집 등에서 자주 모임을 가졌다. 문화계와 노동계의 좌익청년들 모임이던 북풍회(北風會) 중심의 염군사

(焰群社) 멤버였던 박세영 · 송영 · 최승일 등이 불개미집에 모여 여러 차례 카프 조직을 상의했던 것으로 포석은 기억하고 있었다. 즉, 기존의 염군사와 일본 유학 등을 먼저 하고 돌아와서 1923년에 조직한 서울청년회란 신흥 문학청년 모임인 파스큘라를 합쳐서, 이른바 조선프롤레타리아예술가동맹(카프) 등을 결성할 때도 이런 집을 많이 활용했었던 것이다.

포석은 옆 회사 건물에 기대어 담배를 한 대 피우고 난 뒤 등불집의 판자문을 밀고 안으로 들어섰다. 포석은 "어허, 안녕하시오?" 나지막한 수인사만 던지고 구석으로 가서 앉았다. 가게의 여주인은 신문지로 호야등 유리를 닦다 말고 다가와 계속 이야기를 했다.

"어머나, 중숙 아버지! 또 밤을 새우셨남유? 며칠 만에 뵙나보네유. 중숙 엄마도 잘 있지유? ……둘째아들은 인자 돌이 가까우니깨는 더 수월할 테구만. 젖이나 잘 나오게 먹기나 제대로 하나 몰라유. 인제 좀 나와서 같이 일했으면 좋겄구마는……."

그녀는 옆자리 손님이 청하는 물주전자를 건네주며 비로소 옮겨갔다. 맞은편의 긴 식탁에는 아직 오후 5시인데도 아주까리 호롱불이 접시 위에 혀를 날름거리고 있었다. 그 불빛 옆에서 어느 회사 종업원인 듯한 처녀 둘이 숟가락으로 차지게 보이는 팥죽을 먹으며 담소하는 모습이 보기 좋았다.

한사코 팥죽 요기를 사양한 포석은 긴 의자에 걸터앉아 버릇처럼 한쪽 손으로 연신 왼쪽 볼을 잡아당기고 있었다.[53] 그러다가 못 이기는 척 중절모만 여주인 손에 건네주고는 두루마기를 입은 채 윗몸을 바람벽에 비스듬히 기댄 자세로 눈을 감았다. 수면부족인 심신이 세상 귀찮은 피로감으로 잦아들어 이렇게나마 자투리잠을 청해보는 것이다. 포석은 요즘 몇 달 동안 불면증으로 호된 고생을 하고 있는 중이었다. 방바닥에 엎드린 채 원고지 메우기로 철야하기보다 더 괴로웠다.

그 불면증은 원고 쓰기에 진이 빠진데다가 가족들과 비좁은 방에서 함께 생활하는 불편함도 한 원인일 것이다. 더구나 최근에는 소련으로 망명할 방도를 알아보는 과정에서 고등계 형사들이 낌새를 채지 않을까 하여 느끼는 긴장감, 처자를 저버리고 가야 하는 가책 등이 복합적으로 작용했을 것으로 여겨진다. 어떻든 이 불면증은 그의 망명 결행 문제와 연결된 대상이 아닐 수 없다.

그러므로 포석 자신이 쓴 글을 참고해봄이 좋을 것 같다. 바로 이 「잠 못 이루던 밤」을 발표한 지 두어 달 만에 그는 기어코 북행(北行) 탈출을 감행했기 때문이다.

내가 극도의 신경쇠약증으로 수 3개월 동안을 앓아왔었다. 그 동안에 3, 4일씩 계속하여 잠 한잠도 자지 못하기를 3회나 겪어 보았었다.

참으로 잠 못 자는 밤같이 괴로운 때도 별로 없을 것 같다. 첫날 밤, 둘째 날 밤쯤은 덜하다. 사흘 밤쯤 해서는 무던히 견디기 어렵다. 신경은 과민하고 공상과 환상은 쉴 새 없이 그려나가는 亂線같이 일어난다.

공상 말자하고 입을 악 물고 꽉 눌러보나 어느 틈에 공상이 탁 튀어나오고 환상이 번개같이 선을 그으며 지나간다. 아름다운 풍경—이 현실에서는 드물다고 할 만한 좋은 풍경—바다, 들판, 산수, 수풀들의 말할 수 없이 쾌하고 아름다운 풍경이 열리기도 하며 하늘이 불바다, 황금바다, 꽃 바다, 이루 형언할 수 없는 아름다운 바다, 물결같이 전개되어 보일 때도 있다. 이러한 환상에도 잠은 오지를 않는다.

이번에는 의식적으로 무슨 공상을 그려보며 그 공상 끝에 잠을 이루어 보려 한다. 그도 소용없다. 도리어 공상이 공상만 자꾸 낳을 뿐이다.

(……)

'내가 이 모양으로 나가다가는 암만 해도 죽지…….'

빈궁이 불건강을 낳고, 불건강이 병을 낳고, 또 병의 몸을 빈궁이 더 병으로 몰아 마지막에는 죽음으로 몰아 넣지……. 이것은 변증법적으로 과정을 과장하여 겪는 필연인가 보다. 나는 갑자기 더 분한 생각이 가슴에 끓어올랐다.[54)]

한 시간쯤이나 지났을까? 엉거주춤한 자세로 바람벽에 기대고 코를 골던 포석이 깨어나 보니, 눈에 익은 얼굴들이 내려다보며 웃고 있었다.

"어이, 포석, 여기를 여인숙으로 아는가 보군그래. ……밤엔 원고와 사투를 벌이고 말이지. ……이제 한 잔 하자구."

가까이 청진동에 있는 월간종합지 『조선지광』 편집실에서 퇴근한 이기영이 한설야(병도)와 함께 옆자리에서 술잔을 들고 있었다. 소설가 한설야는 마침 함흥에서 올라온 김에 잡지사에 들러서 교정을 보고 왔다는 것이다. 이들 세 사람은 같이 소설을 쓰는 작가이기에 앞서 프로 문학의 동지로, 카프의 같은 계열로 막역한 사이이다. 1930년대 중엽 일본에서 유학중 서로 만나 친해진 세 사람 중 나이나 문단 연조로 포석이 제일 위이고, 두 해 생일이 늦은 민촌 다음에 설야가 맨 아래였다. 포석이 이기영을 『조선지광』에 소개해주었고 그 잡지 문예면에 포석과 설야가 원고를 많이 싣고 있었다.

세 작가는 모처럼 한 자리에서 함께 소주잔을 건넸다. 설야는 술독으로 속이 쓰리다면서 막걸리를 마시는데 안주는 물김치와 팥죽이었다. 식사를 대신할 수 있는 팥죽은 특히 찹쌀가루로 만든 새알이 구수하고 입천장에 쩍쩍 달라붙는 맛이 일품이었다.

아까부터 고향 함경도 소식이며 여성 독자 이야기를 늘어놓던 한설야는 문득 출판사에서 서명까지 받은 『民村小說集』을 뒤적이면서 출판기념회 겸하여 자기가 오늘밤 실컷 사겠다고 호기를 부리었다. 그런 설야의 이야기를 들으며 포석은 버릇대로 한손으로 자기 왼쪽 볼을 잡아당기는 자세로 지긋이 눈을 감고 앉아 있었다. 그런 두 사람 사이에서 권하는 소주잔을 사양하지 않고 거푸 받아 마시면서도 민촌은 자세 하나 흐트러뜨리지 않은 채 진지하게 상대방 이야기를 경청하고 있었다.

사실 민촌은 며칠 전 한집 마루에서 나눈 바 있는 밀담이 생각나 포석의 심경을 짐작하고 남았다. 바로 지난 6월 말 종로서에 김동혁 · 김복진 등 여섯 사람과 함께 끌려갔다가 풀려난 민촌에게 잡지사로 찾아온 고등계 형사가 집요하게 캐물었다. 불개미 극단의 멤버인 김복진 · 김기진 형제가 제3차 조선공산당 재건운동과 관련해서 투옥되었는데, 이 운동에 불개미 단원들은 얼마나 연루되었느냐는 것이었다. 그래서 머지않아 동지들에게 불시 검거가 있을지 모르니 서로 대비하는 게 좋겠다는 의견을 주고받은 바 있었다.

그렇게 대화하는 사이에 문득 술이 거나하게 취한 한 중년이 새잡이 모자(도리우치)를 눌러쓴 채 유난히 징소리가 요란한 신발을 끌며 가게 안으로 들어섰다. 어쩌면 이 아지트에 당대의 열혈 맹원인 문인들의 동정을 정탐하러 온 것인지도 모른다. 그가 나타나자 좌중은 대화를 끊고 경계의 분위기에 휩싸였다. 한동안 어색한 긴장감이 흘렀다.

지난 정초 필화 사건으로 안재홍과 백관수 선생이 구속, 수감된 데 이어 중국의 지난사건(濟南事件)[55] 게재로 인해 『조선지광』이 무기 정간중이라 그러는 것일까.

그는 건너편 의자에 앉은 채 막걸리 두어 잔을 들이키며 숨겨놓은 뉴스를 전하듯 말했다.

"여보, 동지들! 시국이 수상하다는 건 잘 알지요? —지난달 영국에선 남녀평등 선거법이 제정되었지만서두 요즘엔 이태리도 파시스트 당이 독일 나치스 독재와 합세할 모양인데—일본마저 따라 나설 낌새고 말이요. —조선에서는 공산당사건으로 왕창 검거되고 말이외다. —문우들도 조심해야 해요—."

혹 유학생 아니면 통신사 직원이라도 되는가, 민촌이 그에게 시비하려는 설야를 막는 사이, 한참을 혼자 말하던 그는 뒤따라온 양장 여인네의 팔에 끌려 자리를 뜨고 만다.

그의 이야기를 들으며 잠자코 앉아 있던 포석이 넌지시 말을 꺼냈다.

"긴히 상의할 일이 있는데…… 다름 아니라, 설야 사는 위쪽에 두만강 물길이나 뱃길 잘 아는 사람 없을까?…… 함경북도 동북 끄트머리 나진 위로 웅기나 경흥군 아니면 서수라에 사는 사람쯤이 좋겠는데…… 실은 두만강 건너 연해주 쪽으로 해서 로서아에 가 보려고……."

눈이 휘둥그레진 한설야가 확인하듯 물었다.

"아니, 무슨 얘긴지…… 로서아 땅으로 넘어간단 말이외까…… 아니문 웬 답사여행을 가려는 겐가?"

"그냥 넘어가는 거요…… 우선 당장 여기에서 떠나야 살 거 같아서…… 요즘 나는 불면증으로 죽을 것만 같거든…… 심각한 상황이오…… 공산당 재건건으로도 사냥개들 눈이 시퍼렇고…… 어차피 이판사판이지 머."

한설야는 눈을 감고 긴 한숨을 쉬듯 심호흡을 해보였다.

"그렇다면, 정 그럴라치면…… 음……."

하지만 아까부터 소주, 막걸리 가리지 않고 술잔만 비우고 앉아 있던 이기영은 담담한 표정이었다.

사실 포석은 여러 해 전부터 소련으로의 탈출을 꿈꾸었다. 그래서 이미 재작년쯤부터 김우진과 함께 북행을 계획하며 별러왔다. 이런 내용은 바로 지난해(1927년 9월호 『조선지광』)에 현해탄에서 가수 윤심덕과 정사한 김우진의 일주기를 회고하는 글로 발표까지 했던 것이다. 그 글을 읽은 민촌은 동지의 참담한 심경이나 고뇌어린 욕망을 다 헤아리고 있을 터였다.

김우진은 다시없는 포석의 동지였다. 그는 도쿄 유학시절에 포석에게 식민지 현실을 벗어나서 함께 외국으로 떠나자고 귀띔하곤 했다. 러시아 같은 데로 나가서 마음에 맞지 않는 생활을 바로잡기도 하고 또 관심 있는 방면의 연구도 더 해볼 작정이었다. 목포 갑부의 아들인 김우진은 그 재산을 회사 경영으로 유지하라는 부친[56]의 강권을 뿌리치고 모든 것을 다 버렸다. 그때 바로 북행을 했을 텐데, 여러 가지 사정으로 말미암아 먼저 몇 달 동안 도쿄에서 어학 준비를 했다. 적어도 그해 9월 안으로는 북행을 할 작정이었는데[57] 끝내 다른 세상으로 떠나고 말았다.

그 후 포석 혼자 은밀히 궁리해오던 소련 망명에 대해 숙의하고 있는데, 그들의 자리로 돌진해오는 두 주당이 있었다. 시인 박세영과 극작가 송영이다. 카프 창립 이전부터 마르크스-레닌 철학이나 정치사상의 아마추어 학습 모임인 크루쇼크를 자주 해온 멤버들이다. 매주 화요일 저녁에 모이는 크루쇼크가 없는 날인데도 그들은 단골인 이 집에 참새 방앗

간처럼 들른 것이다. 어디서 거나하게 마신 뒤 어깨동무를 하고 찾아든 그들에게 포석은 그 음모를 숨기려 하지 않았다. 그들 두 사람은 배재고보 때부터의 단짝으로 함께 문단에 나왔는데, 카프 결성 이후에는 포석과도 절친해진 열혈 동지이다.

역시 후줄근한 옷차림의 그들은 취중에도 소련으로의 탈출 모의를 알아듣고 벌건 얼굴에 천정으로 주먹을 들어보이며 성원을 아끼지 않았다. 그러고는 송영이 낡아빠진 한복 두루마기 자락을 들어 보이며 혀꼬부라진 소리로 농담을 던졌다.

"야, 오늘 비밀 잘 지켜. 감옥살이 면하려면 우리 모두 밤새워 마시자꾸나. ……박세영이야 건망증 때문에[58] 경무국에서 경을 쳐도 문제없지마는—기억통이 망가진 건 행운이지— 어허허—."

그러면서도 건너편 손님이 들을세라 입을 가리며 단속하는 시늉을 했다. 근래 이 아지트에는 가끔씩 새잡이 모자에 사복 차림을 한 사내들도 드나들기 때문이었다. 이어서 박세영과 송영의 제의로 조명희의 송별 축하 겸 이기영 신간 작품집 출판기념회를 열기로 합의했다.

그래서 바로 그해 6월 5일 조명희의 소설집 『낙동강』과 이기영의 『민촌소설집』 공동 출판기념식이 문우들과 친지들이 모인 가운데 청량사에서 조촐하게 행해졌다.

그해 8월 21일 저녁때였다. 서울 체부동의 단칸 셋방에 오랜만에 쌀 한 가마가 배달되었다. 누구보다도 포석의 아내 민씨가 감격하여 눈물을 흘릴 지경으로 기뻐했고, 2남 2녀 아이들 얼굴도 이날따라 밝게 보였음은 물론이다. 한두 되 외상으로 사다 밥을 짓거나 아니면 몇 끼씩 밥 없는 맨 반찬을 씹으며 굶기 다반사이던 식구에게는 드문 횡재였기 때문이다.

그러나 말복답게 무덥던 그날 밤 늦게 집에 돌아온 포석은 술에 고주망태가 된 채로 자리에 누웠다. 그러고는 어둔한 목소리로 흐느끼듯 웅얼거리는 부부간의 밀담을 어린 딸들도 엿듣고 잠을 이루지 못했다.

"미안하지만 어쩔 수 없는 일이오. 몇 년만 참고 견뎌요. 내가 큰돈을 좀 벌어오면 좋지 않겠소."

"어린 것들은 어쩌자고 그런단 말이오? 여보, 제발 그러지 말아요. 우리 그냥 이대로 삽시다."

"아니오. 내가 답답해서 숨이 막히거나 잠 못 들어 말라 죽어서는 안 되지 않소."

다음날 새벽까지도 울음 섞인 어머니의 하소연이 단칸방 이불 속에서 고물거리는 아이들의 귓바퀴에 쟁쟁거리고 있었다.

"여보, 남들은 오래 떨어졌다가도 상봉하는 이 칠석날 당신은 어찌 한사코 집을 떠나겠다는 건가요? 변변히 당신 생일상도 못 차려드렸는데, 세상에…… 이렇게……."

그날 이후로 포석은 다시는 한반도에 그 모습을 드러내지 않았다.

시베리아 쪽 하늘 멀리

—1928년부터 1938년까지

노령서도 선봉에 서서

1920년대 중엽 새로운 삶의 길을 모색하던 조명희는 드디어 모험을 감행했다. 포석의 소련 탈출 결행은 중학시절 실패한 북행 욕망에 대한 재도전이기도 했다.

포석은 서울의 셋집 책상 밑에 보관해오던 자신의 작품집들 『봄 잔디밭 위에』, 『김영일의 사』, 『낙동강』 등을 배낭 속에 넣고 여행을 떠나듯 집을 나섰던 것이다. 거기에는 그 무렵 『동아일보』 등에 연재해오던 수필 스크랩과 작품 노트며 원고지들도 있었다. 잉크병과 만년필 필기구도 함께였음은 물론이다. 그것은 작품 보관과 함께 도중에 있을 검문에 대처하기 위한 배려의 뜻도 있었다.

아닌 게 아니라 정오쯤 경성역을 출발[59]하여 원산 · 함흥을 경유하는 완행열차에서는 헌병 완장을 두른 군인들의 검문이 있었다. 주을 온천역을 지나서 동해 북부 해안의 야경에 취해서 깜빡 졸던 포석은 마침내 그 배낭을 열어 보여야 했다. 일본어로 쓴 잡지사 취재협조증도 믿지 못하겠다는 투였던 것이다. 그것은 만약의 경우를 생각해서 『조선지광』에 근무하던 이기영을 통해서 얻은 서류였다.

"뭐, 글을 쓴다고? 무슨 글이길래 여기까지 와야 한담? ……한복차림으로 수상쩍게 말이야."

허리에 긴 칼을 차고 어깨에 총을 멘 그들은 일본말로 이렇게 뇌까리며, 책의 저자 이름과 취재협조증의 이름을 꼼꼼하게 대조해보고는 한참 만에 지나쳐 갔다.

다음날 새벽 포석은 함경북도 나진·웅기역을 거쳐 동웅역에 내려 역전에서 기다리는 황소 달구지에 올랐다. 밀짚모자를 눌러쓴 털보 아저씨는 오히려 의젓하게 경찰서 주재소 앞을 지나고 있었다. 중복을 지난 새벽길은 바닷바람으로 식혀져 상쾌했다. 하지만 통금이 해제된 시간인데도 군경 합동 검문소에서는 달구지를 가로막고 기어코 관할 주재소로 인계했다.

시골 벽지의 주재소인데도 헌병과 순사는 처음부터 반말이었다. 무슨 일로 서울 사람이 꼭두새벽에 이곳에 왔느냐며 '빠가야로'를 연발했다. 주눅들지 않고 작가로서 국경지대 실태 취재차 왔다는 포석의 말에 반신반의하는 표정이었다.

도리우치를 쓴 사내가 배낭 속을 뒤지며 유독 까탈을 부렸다.

"못 믿겠다면 그 증명서 이리 줘요. 내가 직접 당신들 상관과 담판할 테니."

포석이 일본말로 당당하게 대들자 한풀 누그러진 그들은 진중한 태도를 보이기 시작했다. 결국 도리우치 사내가 주재소장인 듯한 정복에게 신문철 등을 보이며 귓속말을 하더니 정복이 포석에게 다가와 사과했다.

"아, 우리는 『동아일보』나 잡지에 이런 글을 쓰는 작가신지 몰랐소. ……그 취재 기간 동안 우리도 도와드리겠소. 자전거라도 구해드릴까요? 어디에 묵으실지……."

초가집으로 간 포석은 꽁보리밥으로 아침 식사를 했다. 심신이 나른해진 작가에게 털보는 투박한 함경도 사투리로 말했다. 여름철 두만강은 목욕하듯 순식간에 건너갈 수 있지만 일본 수비병의 감시 때문에 위험하다는 것이다. 그러므로 낮에는 방안에서 조용히 쉬고 있다가 초저녁에 자기의 고기잡이배로 서수라라는 어촌을 지나 소련 땅으로 데려다주겠다고 했다. 러시아의 핫산이란 바닷가에 숨었다가 아침에 그곳 경비 초소에 밀항자라면서 자수하면 괜찮을 것이라고 했다.

포석은 털보가 일하러 나간 뒤 멍석이 깔린 방바닥에 지도를 펴놓고 살펴보았다. 그러니까 그는 지금, 한반도의 최

북단에서도 남동쪽 해안의 작은 어촌에 와 있는 것이다. 그리고 서수라는 바로 나진만의 동북단에 위치한 어항으로서 소련 땅을 지척에 둔 곳이다. 꿈에도 그리던 자유와 인민의 천국을 발 앞에 두고 있다는 생각에 포석은 가슴이 뭉클했다. 심호흡을 하며 드러누운 그는 한나절 동안 코를 골았다.

초저녁쯤에 돌아온 털보는 꽁보리밥에 국수를 말아서 주었다. 그도 긴장된 듯 마시다 둔 소주에 이어서 새로 주전자로 사 온 막걸리도 두어 사발이나 마셨다. 그날 밤 조명희는 어둠 속의 동웅 어항 귀퉁이에서 조그만 고기잡이배를 타고 운명의 국경선을 넘었다.

이틀날 해가 떠오를 때 조명희는 낯선 바닷가 언덕의 바위틈에 앉아 있었다. 그렇게 있으려니까 문득 죄인으로 오인되어 붙잡히면 어쩌나 조바심이 나서 견딜 수 없었다. 그는 멀리 해안선을 따라 순찰을 도는 병사에게 다가가며 태연스럽게 외쳤다.

"나는 고려에서 온 사람이요. ……야 하라쇼 로씨야. ……아이 라이크 러시아, 아이 엠 까레아 ……조선 밀항자라니깐요."

이렇게 여러 나라 말이 뒤섞인 언어에 경계심을 느낀 듯 붉은 별 보초병은 당황스러운 표정을 지었다. 그는 꺽다리

동료 병사를 데리고 총부리를 겨누며 다가왔다. 그러고는 수차 러시아말로 물으며 몸수색을 한 다음 초소로 데리고 갔다. 상부에 연락한 후 그들은 조명희를 부대 유치장으로 보냈다. 혹시 일본 첩자인지 모를 뿐 아니라, 그 밀항 동기와 더불어 신분 확인이 안 되었기 때문일 것이다.

조명희는 두만강이 건너다보이는 핫산 지역 군부대 막사 옆쪽에 위치한 간이 유치장에 갇혔다. 하루 세 끼를 목침 크기의 검은 빵(홀러브) 한 개로 때워야 하는 배고픔보다도 우선은 답답해 못 견딜 지경이었다. 3·1운동 직후 학생 신분으로 유치장에 갇혔을 때는 서로 의사소통이라도 잘 돼서 견딜 만했는데, 말도 안 통하는 곳에 나흘 동안을 갇혀 있으려니 난감하기 이를 데 없었다.

그래서 답답증을 이겨낼 겸 솟구치는 분노를 달래기 위해 조명희는 늘 지니고 다니던 필기구로 시를 썼다. 그것이 바로 소련 망명 후의 첫 한글 시 「짓밟힌 고려」였다. 그는 이 작품을 윗도리 등 뒤에다 붙이고 지냈다. 한반도에서와는 달리 검열이 없으니 마음껏 일본의 만행을 지탄하고 한반도의 처절한 수난상을 묘파하니 시원하기 그지없었다. 「짓밟힌 고려」는 계급혁명과 민족 독립의식이 결합된 저항시편으로, 잔학한 일제의 만행에 시달리는 한국민들과 식민지 빈민 대중의 현실을 고발함과 동시에 프롤레타리아 혁명을 고취하고 있다.

일본 제국주의 무지한 발이 고려의 땅을 짓밟은 지도 벌써 오래다.

그 놈들은 군대와 경찰과 법률과 감옥으로 온 고려의 땅을 얽어 놓았다.

칭칭 얽어 놓았다—온 고려 대중의 입을, 눈을, 귀를, 손과 발을.

그리고 그놈들은 공장과 상점과 광산과 토지를 모조리 삼키며 노예와 노예의 떼를 몰아 채찍질 아래에 피와 살을 사정없이 긁어 먹는다.

보라! 농촌에는 땅을 잃고 밥을 잃은 무리가 북으로 북으로, 남으로 남으로, 나날이 쫓기어가지 않는가?

뼈품을 팔아도 먹지 못하는 그 사회이다. 도시에는 집도, 밥도 없는 무리가 죽으러 가는 양의 떼 같이 이리저리 몰리지 않는가?

그러나 채찍은 오히려 더 그네의 머리 위에 떨어진다—

순사에게 눈부라린 죄로, 지주에게 소작료 감해달란 죄로, 자본주에게 품값 올려달란 죄로.

그리고 또 일본 제국주의에 반항한 죄로, 프롤레타리아트를 위하여 싸워가며 일한 죄로!

주림과 학대에 시달리어 빼빼마른 그네의 몸뚱이 위에는 모진 채찍이 던지어진다.

•「짓밟힌 고려」 일부

울 안의 짐승처럼 나흘 동안 무더위에 갇혀 있다 보니 혹혹 숨이 막혀 죽을 지경이었다. 러시아의 여름 더위는 한반도의 삼복보다 오히려 더 찜통인 듯싶었다. 이 나라 동물이나 식물 모두로 하여금 예닐곱 달 겨울철의 그 추위를 견뎌내고 살아갈 힘을 몇 배 비축하라고 이렇게 두어 달 여름은 무더운가. 그는 문득 소년시절 고향에서 책읽기로 이열치열하고 지낼 무렵 마당가의 울안에 지쳐 누운 채 숨을 골라 쉬며 중복의 한 더위를 견뎌내던 돼지를 연상했다.

이렇게 버틴 지 사흘 만에 해삼위(블라디보스토크)에서 내려온 고려인 통역은 조명희가 앞가슴에 달고 있던 '나는 조선사람 망명자'라는 글을 보고 빙긋 웃었다. 그리고 그 등 뒤에 붙인 시를 읽어보고 동료에게 무엇인가 속삭였다. 나중에 안 내용이지만, 그는 조명희가 고려인(카레이스키)이 분명하고, 항일정신이 넘치는 동지(타바리시)라고 일러주었던 것이다. 그때 내보인 배낭 속의 책과 신문 스크랩도 충분한 증거물이 된 셈이었다.

통역원은 조명희를 해삼위 국제원조회로 데리고 가서 새

진회색 양복을 내주었다.[60] 망명 나흘 만에 찾은 자유는 허약해진 심신에 긴장과 고독을 몰고 왔던지라 요양이 필요했다. 부대에서는 소련 기관과 연결해서 보름 남짓 요양소로 보내주었다. 한결 음식 보급이 좋아지고 자유로운 산책과 독서도 할 수 있었다.

이 요양소에서 조명희는 「짓밟힌 고려」 끝부분을 마무리하여 산문시로 완성시켰다. 치열한 항일정신과 짙은 계급성이 배합된 시이다.

고려의 프롤레타리아트! 그들에게는 오직 주림과 죽음이 있을 뿐이다. 주림과 죽음!

그러나 우리는 낙심치 않는다. 우리의 힘을 믿기 때문에—

우리의 뼈만 남은 주먹에는 원수를 쳐 꺼꾸러뜨리려는 거룩한 싸움의 힘이 숨어있음을 믿기 때문에.

옳도다. 다만 이 싸움이 있을 뿐이다—

칼을 칼로 잡고 피를 피로 씻으려는 싸움이—힘센 프롤레타리아트의 새 기대를 높이 세우려는 거룩한 싸움이!

그리고 우리는 또 믿는다—

주림의 골짜기, 죽음의 산을 넘어 그러나 굳건한 걸음으로 걸어 나아가는 온 세계 프롤레타리아트의 상하고 피묻힌 몇 억만의 손과 손들이.

저—동쪽 하늘에서 붉은 피로 물들인 태양을 떠받치어 올릴 것을 거룩한 프롤레타리아트의 새날이 올 것을 굳게 믿고 나아간다!

• 「짓밟힌 고려」[61] 일부

나홋카라는 항구 근처 언덕에 위치한 요양소에서 나온 조명희는 배낭을 메고 블라디보스토크에 있는 신한촌(新韓村)으로 향하였다.

한반도 북단의 두만강 남쪽 부분과 국경을 이은 연해주의 블라디보스토크는 제정 러시아 때부터 세계 열강의 각축장일 만큼 요충지였다. 그래서 러시아는 동남아 진출을 위한 전략기지로 블라디보스토크를 활용하고 있는 터였다. 그만큼 그 도시는 한반도에도 중요한 공간으로 치부되고 있었다.

역사적으로나 지정학적으로나 우리와 밀접한 연해주 지역 가운데 블라디보스토크는 구한말 전부터 조상들이 왕래하던 접경지대에 있는 도시로, 특히 일제강점기에는 독립투쟁의 전초기지로도 활용되었다. 그곳의 신한촌은 한인(韓人) 문화의 메카였다. 조명희는 아무르(흑룡강) 강 언덕배기에 밀집해 있는 한국식 초가집들과 상점, 교회, 학교, 극장거리 등을 돌아다녔다.

한 달포쯤 지났을 때, 조명희는 블라디보스토크 서쪽 교외의, 기차로 너덧 시간 거리에 있는 한인 집단촌으로 찾아갔다. 우스리스크 구역에 속하는 푸칠로브카(putsilovka) 마을의 육성촌(六姓村)이었다. 그곳에 있는 조선사범전문대벼 재배 전문학교에서 조선어 담당 교사로 일하게 된 것이다. 애초에는 이민온 조선인 여섯 성씨 가족이 세웠는데, 점차 큰 촌락을 이루고 우수한 한인 인재들을 배출했던 것이다.

처음 소학교 과정의 그곳 농민청년학교에서 교편을 잡고 있는 동안 조명희는 같은 학교에서 수물학을 가르치는 리정열 선생의 집 윗방에 숙소를 정했다.[62] 그는 거기서 시 · 수필 · 장편소설을 썼다. 그중 시는 운율에 맞추어 써서 노래[63]로 만들어 부르도록 했다. 꼬마들에게 한글을 가르치며 동요부터 불러주어 동심이 어린 모국어를 익히게 했다. 가령 「전봇대」 같은 경우가 그것이다.

꺼정 다리 전봇대
못난 전봇대
키만 해도 어른인데
울기는 왜 해?
바람이 그다지 무서운가
밤낮으로 엉엉 울기만 하네.

이밖에 「눈싸움」, 「샘물」 같은 동요들을 여러 번 노래하듯 가르쳐 모국어를 가슴으로 읊고 피부로 속속들이 느끼도록 하는 데 힘썼다. 당시 연해주 지방은 러시아 사람이나 중국 사람이 조선사람보다 더 많이 사는지라 한글이 생소했기 때문이다. 아이들에게는 조선말이 남의 나라 말처럼 서먹한 느낌이 있었던 것이다.

당시 조명희는 동료 음악교사 김호준과 함께 쓴 동화극 「봄나라」 등을 연출, 학예회 때 무대에 올려 그곳 동포들을 교화시킨 바도 있다. 제자 최금순은 그런 내용을 공책에 적었던 대로 중앙아시아 알마타에서 발행하는 한글신문인 『레닌기치』에 발표[64]하기도 했다.

학생들은 조선말 익히기에 열중했고 문예적인 재능도 있어 조명희는 교사로서의 보람을 느꼈다. 당시 학생이던 황동민이나 최금순 등은 그가 가르쳐준 동요를 공책에 꼼꼼히 적어 익히고 아동극을 지도받은 기록까지 남기고 있어 인상적이다. 그들 두 사람과의 인연은 후에 처남과 처남댁으로까지 이어졌다. 아무튼 조명희는 모국어 교육을 통해서 한인의 정체성 심기에 전념한 것이다. 그 일을 통해 그는 일찍이 고향의 성공회당이나 신명학교에서 한글을 가르치던 이상의 보람을 느꼈다.

한번은 육성촌에 혼자 나와 자취하며 공부한다는 한 여학생 집에 찾아간 적이 있었다. 사학자며 우국지사였던 단재 신채호[65] 선생의 친척이라는 학부형의 청에 따라서였다. 구한말 『대한매일신보』 기자로 일하다가 한일합방 이후 중국에 망명한 단재가 들러 몇 달 동안 묵어가기도 했다는 수청(水淸)의 동포 마을이었다. 그 마을은 러시아 혁명 직후 러시아 백파군이 쫓겨왔을 때 한인 주민들이 적파군에 가담해서 빨치산 전투로 백파를 섬멸한 사실 때문에 빨치산스크라고도 불리는 소읍이었다.

열대여섯 가구의 조선사람들이 모여 사는 동네는 마치 고향 같은 느낌이 들었다. 소나무로 둘러싸인 나지막한 산들 때문에 마치 소쿠리 같은 모습을 하고 있는 이 마을은 구한말 무렵부터 동포들이 화전을 일구어 농촌이 되었다. 특히 동네 한가운데 있는 동각에는 마을회관을 겸한 '대한서당'(大韓書堂) 간판과 태극기가 걸려 있었다. 그 서당에서 흑판에 한글을 써놓고 청소년을 가르치던 그 학부형의 인상은 그대로 우국지사였다. 상하이에서 독립운동을 하다가 연해주에 와서 조선 역사와 한글 책을 펴내어 민족정신을 깨우치고 있는 계봉우[66] 선생과도 인척이라고 했다.

학부형은 조선의 큰 문학가한테 막내딸 교육을 맡겨 든든하다며, 뒤늦게나마 우리 조상들이 물려준 땅과 얼을 지키는데 합심하자고 다짐하였다. 단군을 모시는 대종교(大倧敎)

간부로도 일하는 그 학부형의 집 사랑방에서 하룻밤을 묵으면서 조명희는 새삼 민족의식을 되새겨보았다. 계급보다는 아무래도 원초적인 민족이 앞서는 것이라는 생각이 들었다. 노동자 · 농민의 계급해방을 외치는 혁명가들도 결국은 자민족 중심의 국가이익을 위해 일하지 않나 싶었다.

만주족이나 한족, 그리고 아라사 슬라브족 세력에 잃어버린 이 발해의 옛 도읍지야말로 산 역사의 현장이다. 조명희는 이 민족적 역사의 현장에 와 살면서 우리 조상들의 노고나 정을 기리는 민족의식이 곧 우리 민족 독립의 원동력이라는 학부형의 주장에 공감했다.

"자고로 피는 물보다 진한 거이 인류사의 불변한 진리니끼니……."

이튿날 동구까지 배웅하며 한 그 학부형의 말이 잊혀지지 않았다.

그곳 육성촌에서 조선어와 문학교육에 애쓰던 조명희는 희비가 엇갈린 일을 겪었다. 자신이 망명한 이듬해 가을 어머니가 돌아가셨다는 소식을 인편으로 뒤늦게 전해 듣고 목놓아 울었다. 그런 슬픔을 겪으며 같은 학교에서 가사를 가르치던 여선생 황명희의 위로를 받았다. 이 일로 두 사람 사이에 사랑이 싹텄다. 그러나 어머니의 별세 소식은 어린 학생들을 가르치는 보람과 젊은 여성의 사랑을 받는 행복감보다 더한 아픔이었으므로, 때때로 깊은 한숨을 내쉬곤 했다.

뿐만 아니라 황명희 선생과 사랑을 주고받다 보면 문득 서울에 두고 온 처자에 대한 죄책감으로 깊은 잠을 이루지 못했다. 어린 두 딸과 두 아들의 얼굴이 눈에 선했다. "아부지, 우리 아부지이……." 그리고 서울에서 경성제대 법과를 나와 큰 회사(화신상회)에 취직한 장조카로부터 경제적인 도움을 많이 받는다는 전갈이 올 때마다 가슴 저미는 비애를 통감하였다. 쌀이나 땔감이 떨어질라치면 종종걸음으로 원고지와 잉크를 남편 책상 앞에 놓고 물러나던 아이 엄마에 대한 죄책감이 가슴을 후비는 걸 어쩔 수 없었다.

그럴 때면 두세 번 한반도를 드나드는 강동 보톨이 편[67]에 쌀 두어 가마 값과 문안편지를 보내기도 했다. 하지만 그것마저 일본 형사들의 단속으로 여의치 않으니 안타깝기 그지없는 노릇이었다. 자녀들은 제 어머니 따라서 모두들 성공회나 성당에 다니며 종교에 의지하는 처지라니 조금은 위안이 되지만 말이다. 언제 한번 남몰래 서울 집에 잠깐 다녀오기라도 했으면 한이 좀 풀리련만.

그러나 조명희는 1931년 결국 황명희(마리아)와 재혼했다. 그녀는 육성촌 농민학교 제자였던 황동민과 황청일의 누이였다. 신혼부부는 곧 우스리스크 시 고려사범전문학교 조선어문학 교원으로 옮겼다. 우스리스크로 이사한 이듬해 정월에 그곳 학교 관사 2층에서 장녀를 낳아, 조선의 아이라는 뜻의 조선아로 이름을 지었다. 이어서 일 년 후인 1933년 2월에는 조선사람이라는 의미의 장남 조선인을 출산했다.

38세의 나이로 재혼한 조명희는 새로 아이를 얻자 문득 어릴 적에 시골 장터에서 보았던 당사주 그림을 떠올렸다. 한 지붕 밑 한 사내 앞에 두 여성이 고개를 숙이고 앉아 있는 그림이었는데, 그러고 보면 사람의 혼인관계 역시 운명인가 싶었다. 그 그림이 못내 마음에 걸리면서도 한사코 어린 아들의 손을 쥐고 "우리 막둥이 사주에는 천복성이 두 개나 있고 천귀성도 타고 났으닝께 걱정 없다. 걱정 없어" 하던 어머니가 떠올랐다.

내가 태어난 것은 바로 이때였다. 1932년 우쓰리스크의 사범학교에서 아버지가 열심히 새 세대를 가르치던 때, 열정어린 목소리로 시를 읽어주며 초롱초롱한 눈망울들에 미래를 담던 그때, 학교에 딸린 관사 2층에서. 그곳에 살던 기억은 희미하지만 어머니가 말해줄 땐 어렴풋이 떠오르는 것 같기도 했다. 아버지는 이때에도 창작활동을 계속했던 것 같다. 아버지가 이때 쓴 시 · 소설 · 정론 · 평론 등의 작품은 우리 남은 후손들에게 소비에트 조선문학이 나아갈 길을 밝힌 소중한 자료로 이용되고 있다.

관사 2층에서 혼자 기어 나와 흙 범벅이 된 몸으로 놀다가 엄마의 품에 안기던 어렴풋한 추억의 그 곳을.[68]

이런 글에서 그 무렵 조명희의 현실을 짐작해볼 수 있다.

조명희는 기차편으로 너덧 시간 거리인 블라디보스토크에도 자주 드나들며 활동했다. 당시 그곳 한인사회의 한글신문인 『선봉』 문예면 편집을 맡아 격주로 '문예 페이지'를 만들었다. 또 가끔은 그 신문사 강당에서 문학 강연도 하여 갈채를 받았다. 그밖에 조명희는 그곳 연해주에서 고려인 한글문학 진작을 위해 많은 논설도 발표했다.

넓게, 높게 장성되는 우리 국가 각 민족들의 사회주의적 문화는, 그야말로 무지개같이 여러 가지의 빛을 쏟아놓기 시작하였다. 이 빛의 큰 묶음 속에서 원동 조선인의 문화도 비록 가는 줄기지만 한 가닥을 차지하였다. 우리는 수많은 학교들을 가졌으며, 대학까지 가졌으며, 극장을 가졌으며, 여러 개의 활자 신문을 가졌으며, 여러 가지 출판물을 내어보내고 있다.

이 가운데에 문예 방면은 어떠한가? 전에 있어 보지 못한 문예수집 『노력자의 고향』과 『선봉』 신문의 문예란과 문예 책자를 내어보내는 원동 국영 출판부와 때때로 새 희곡들을 상연하는 조선극장이 있으며 이 주위에는 까드르[69]들이 둘러 서 있다.

•「조선의 노래를 개혁하자」[70]

이는 낯선 이역 땅에 와서 느낀 작가 조명희의 민족적이고 사회주의적인 감동을 토로하는 시론(時論)이다.

조명희는 그곳에서 직접 자기에게서 문예 지도를 받은 제자들이 한글로 습작한 문학작품들을 모아서 엮어낸 책에도 뜨거운 격려를 잊지 않았다. 다음은 『로력자의 고향』 서문이다.

우리 문예의 꽃다발이 두 번째 나아간다. 빛깔이 찬란하지 못하고 향기가 높지 못하다고 탓하지 말아라.

압박의 조선에선 입도 못 벌릴—혁명과 건설에 끓는 말, 원수를 겨누는 칼 같은 말들이, 이 말의 꽃들이, 원동 조선인 노력자들의 예술의 처녀지에서 피기 시작한다.

팔십 년 전부터 봇짐 메고 도망 온 사람의 자손들이 오늘에 이 꽃을 피울 줄이야 누가 뜻하였으랴?

소비에트의 햇빛을 받아, 소비에트의 이슬, 비를 맞아, 위대한 레닌의 은공으로 자래운 이 꽃이 조국의 동산 한 구석에 피었다.

얼마나 기쁘냐! 참 얼마나 기쁘냐!

우리의 꽃이! 우리의 꽃이! 쫓기던 무리의 자손인 우리들의 이 꽃이!

원수의 몸엔 박히는 총알이 되고 우리의 손엔 용기의 깃발이 피는 이 꽃이!

더 빨리 자라고 더 찬란히 피기를 우리가 바라고 소비에트가 바라건만, 우리의 동산에는 자라는 싹에게 해를 주는 얄궂은 짐승들과 벌레들.

•「소품 일편」[71)]

사실 조명희는 블라디보스토크나 우스리스크 인근 연해주 또는 빨치산스크 등지에서 많은 제자들을 문학가로 길러냈다. 『선봉』 신문을 통한 작품으로는 물론이요, 강의 또는 강연으로 젊은이들을 지도했다. 경우에 따라서는 직접 작문을 가르치고 문학 지망생들이 서툰 한글로 써온 글들을 다듬어 주기도 했다. 이전에 몇 달 동안 신한촌에 묵었다 간 신채호나 『선봉』 신문에 한두 번 시를 기고했던 이광수의 경우와는 사뭇 다르다. 여러 해에 걸쳐 동포들과 동고동락하며 한글문학을 가르치고 지도해서 수많은 문인들을 키운 그의 공로는 매우 크다.

'작가의 집'에 들어 호사다마

1935년 봄에 조명희 부부는 어린 남매를 데리고 하바로프스크로 이사했다. 대륙간 횡단열차 시발역인 블라디보스토크에서 밤 열차를 타고 북쪽으로 꼬박 하루를 갔다. 하바로프스크는 연해주에서 제일 큰 도시로서 북국(北國)의 내륙답게 매서운 바람으로 낯선 손님을 맞았다. 하지만 조명희 가족은 국가에서 마련해준 콤소몰스카야 거리 52번지 '작가의 집'에 방을 얻어서 생활하게 된 터라 안정감이 있었다. 사실 그때까지는 학교 관사 등으로 철새처럼 옮겨다니는 삶이었는데, 오랜만에 제 보금자리를 찾아들었다 싶었다.

인민작가 막심 고리키가 새로 제안해서 소련 전역에 조직되기 시작한 작가동맹 연해주 지부가 1934년 8월에 결성됨과 동시에 조명희도 유력한 현지 문인인 파제예프의 추천을 받은 정식 맹원으로서 원동의 작가동맹 조선지부장이 된 결과이다. 비록 한글로 쓰는 작품일지라도 고려인 대표문인으로 대우받으며 조명희는 더 넓고 새로운 활동무대를 찾은 셈이다.

당시 어린아이였던 조명희의 딸 조선아의 이야기가 참고가 될 것이다.

「작가의 집」은 작가들이 공동거주하며 상호 협의 하에

창작활동을 할 수 있게 소련국가가 정한 집이다. 우리는 그 집을 소련작가동맹회장인 파제유(파제에프의 오기—인용자)의 소개로 들어갔다. 그 집은 3층집으로 1층에는 파제유의 서재와 작가들 회의실이 있었고, 2층에는 우리의 살림집과 소련작가 알렉산드르 라이의 서재, 3층에는 러시아 여자작가(이름은 기억나지 않는다)와 아버지의 서재가 있었다.[72]

조명희 부부는 어린 자녀들과 방 두 칸을 얻어 같은 건물 2층에 사는 러시아 작가 부부들과 친근하게 지냈다. 러시아 사람들은 복도에서라도 마주치면 조명희의 아이들 머리를 다정하게 쓰다듬어주곤 했다. 그러나 아직 러시아 말에 익숙치 못한 조명희 가족들은 겨우 아침저녁 수인사인 '도브로예 우트로'(아침 인사), '도브리 덴'(점심 인사), '도브리 베체르'(저녁 인사) 정도만 익혔을 뿐이다. 사실 조명희는 파제예프 회장에게 자신의 장편소설 출판을 부탁하고 싶었지만, 말이 서투를뿐더러 호의를 베푼 그에게 부담을 줄세라 망설이고 있었다.

작가의 집 건물 3층 조명희 바로 옆 칸에 서재 겸 집필실을 가지고 있는 러시아 작가는 호감 못지않게 신경이 쓰였다. 러시아어로 시와 수필을 써서 모스크바 중앙지에 발표하는 중년의 여성이었다. 어느 겨울밤 그녀는 짙은 핑크빛 속옷차림으로 조명희의 집필실을 노크했다.

"눈이 와서 그런지 오늘은 문득 내 고향 우크라이나의 겨울이 생각나네요. 키예프에서 대학에 다니던 처녀시절이었지요. 연말이 다가오면 시골 슈콜라[73)]에서 교편을 잡고 있던 오빠가 방학을 맞아 집에 왔지요. 오빠와 노래하고 술 마시며 밤을 새우곤 했어요. 그는 결국 서른 전에 알콜 중독으로 세상을 떠났지만—."

그녀는 조명희를 자기 방으로 이끌어 보드카를 거푸 권하였다. 두 사람은 활활 타는 페치카 옆 소파에 앉아 보드카를 마셨다. 그녀는 러시아의 건배에 대해 설명하였다. 첫 잔은 서로의 만남을 위하여, 둘째 잔은 사랑하는 사람을 위하여, 그리고 셋째 잔은 부모님을 위하여 건배한다는 것이다.

식탁 위의 라디오에서 흘러나오는 경쾌하되 애절한 러시아풍 음악이 아늑한 분위기를 더하고 있었다. 조명희는 긴 머리카락을 뒤로 넘기면서 느린 어조로 대꾸하곤 했다. 그러는 사이에 머리카락이 다시 뺨으로 흘러내리면, 이번엔 그것을 귀바퀴에 걸어놓았다. 그리고 가끔씩 가느스름한 눈초리 끝에 가는 주름을 지으며 엷은 웃음을 보였다.[74)]

"자, 쭈욱 들어요. 우리의 로맨틱한 밤을 위하여! 우리는 어차피 같은 맹원이며 문학동지 아닌가요?"

그녀는 테이블 위에 비운 유리잔을 놓으며 말했다. 잘 못 알아듣는 대목에서는 더러 쉬운 영어를 섞어 쓰며 대화를 이어갔다.

조명희가 30년대 초 한반도 신문에 투르게네프[75]의 소설 『그 전날 밤』[76]을 번역해서 연재한 바 있다고 말하자 그녀는 반색했다. 그녀는 특히 그 작품의 여주인공으로서 가난한 이국 청년을 선택하는 엘레나를 좋아한다는 것이다. 그러나 정작 자신은 프랑스 가수와 결혼하여 러시아보다는 파리에서 많이 산 투르게네프는 싫어한다고 했다. 그리고 러시아 사람들은 보통 푸쉬킨의 작품을 비롯해서 명작시(名作詩) 20여 편쯤은 그 자리에서 암송할 정도로 문학에 조예가 깊다는 자랑을 덧붙였다.

그러다가 그녀는 화제를 돌려서 한껏 진지한 얼굴로 이야기했다.

"나는 어쩐지 자꾸만 조 선생이 우리 오빠 같은 생각이 들어요. 고뇌하는 모습 하며 수줍은 듯 불타는 눈매도 그렇구요."

그러면서 그녀는 고백하듯 한때 당 간부인 러시아 군의관과 레닌그라드나 시골인 슈슈달 등에서 반년 남짓 동거생활을 했지만 현재는 독신이라고 말했다.

이런 사실을 스스럼없이 실토하면서도 아직 동양 남자와

교제해본 일은 없다는 대목에서는 얼굴이 상기되었다. 동양인이라고는 수년 전 당지부 회합 때 일본 여성 수필가와 룸메이트로 하룻밤 지낸 적밖에 없다고 했다.

술에 거나해지자 그녀는 소파에서 일어나 조명희를 끌어안으며 춤을 추자고 했다. 러시아 민속춤처럼 방안을 빙글빙글 도는 그녀의 몸에서는 술내와 치즈를 볶은 듯한 체취가 풍겼다.

"조 선생! 우리 서로 같은 40대 드루크(친구) 처지인데 하나 물어봐도 좋지요? ……젠시나(아줌마)와 데부시카(아가씨)의 문학적 차이는 무엇일까요?"

바람에 흩날리는 눈발을 창문으로 내다보며 그녀가 물었다. 은발머리가 치렁치렁한 그녀는 조명희의 어린 딸을 보면 다정하게 안아주곤 했다.

그러나 조명희는 혹시 그녀가 이곳 문인들의 일거일동을 감시하여 NKVD(엔카베테)[77] 등에 보고하는 끄나풀인가 싶어 경계심이 앞섰다. 자칫 장미 향기에 혹해서 그 가시에 상처를 입어선 안 된다고 생각했다.

"그건 아무래도 처녀냐, 아니냐 하는 차이 아닐까요?"

그러자 그녀는 갑자기 흰 이를 드러내며 깔깔 웃었다.

"그 처녀성이란 게 무슨 대수예요? 그게 보물단지라도 되나요? 법적으로 결혼했는가 여부가 문제지. 아무래도 조 선생과는 문화차가 큰가 봐—."

출입구 옷걸이에 걸린 그녀의 샤프카 방한모를 바라보는 조명희의 얼굴은 더욱 붉어져 있었다.

하지만 조명희는 달아오른 술기운 속에서도 사뭇 열기를 뿜는 그녀의 숨결에 오히려 경계심이 일어서 정신이 맑아짐을 느꼈다.

당시 스탈린 체제 밑의 모든 기관이나 조직들은 철저한 감시와 정보의 통제 속에서 숨막히는 공포감에 떨어야 했다. 그래서 조명희는 소설 『붉은 깃발 아래서』를 심사위원회에 맡긴 후 아무런 소식이 없음에도 묵묵히 있을 수밖에 없었다. 그런 사정을 함부로 이야기했다가 어떤 후환을 입을까 두려웠기 때문이다.

요컨대 지난해에 결정된 그 소비에트 사회주의 리얼리즘에 부합되는가 하는 것과, 특정 소수민족의 투쟁에 관한 문제 등으로 계류 중이라 궁금하더라도 잠자코 있을 수밖에 없었다. 그런 일을 참을수록 조명희는 엄습하는 고독감과 울적함을 가누느라 내심 심한 고통을 감수하고 지냈다.

조명희는 이곳 작가의 집에 살면서 시내에 있는 조선사범대학에 매주 두어 차례 조선문학 강의를 다녔고 한글신문 『선봉』의 문학 페이지 편집도 도왔다. 산문시 「아우 채옥에게」, 평론 「아동문예를 낳자」, 「조선의 노래를 개혁하자」 등의 정론성 글들이 그 신문에 곧잘 실린 것이다. 그러는 틈틈이 사회주의 투쟁을 벌이던 고려민족의 항일투쟁상을 다룬 『붉은 깃발 아래서』, 『만주 빨치산』을 꾸준히 집필했다.

그 무렵, 조명희는 때때로 밀려오는 고독을 삼키며 작가의 집을 나와 혼자서 가벼운 차림으로 교외를 거닐곤 했다. 고향의 친척들이며 서울에서 자주 만나던 옛 문우들, 그리고 가난에 빠져 지낼 가족들의 얼굴이 꼬리를 물고 그림자처럼 따라다녔던 것이다. 그럴 때마다 하바로프스크 역 광장으로 통해 있는 레닌 광장을 지나서 낙엽이 지는 아무르 강 언덕길을 산책했다.

어느 가을날, 조명희는 일요일에 점심을 먹은 다음 스적스적 걸어서 아무르 강 언덕길을 내려가다 길가 나무 그루터기에 걸터앉아서 담배 한 개비를 피웠다. 사범대학에서 그에게 한글과 시를 배우는 제자 정군이 나타났다. 동행이 있었는데, 그의 외숙부인 최선생이었다. 최선생은 평양의 중학교에서 역사를 가르치고 있는데, 방학을 맞아 학술답사를 하려고 어렵사리 여행증을 얻어서 왔다고 했다. 그들도 모처럼 강바람이나 쐬며 백사장을 걷고 싶어 나왔다기에 함께 거닐기로 했다.

세 사람은 강가에 대기하고 있는 유람선 표를 사서 배에 올랐다. 그 유람선은 강 건너 논 가운데 마을과 연결하는 나

룻배 역할도 하면서 아무르 강 유람을 겸하고 있었다. 열댓 명 남짓한 손님을 태운 배가 러시아 영토인 강 아래위로 한 바퀴 돌고 되돌아오는 길에 정군이 물었다.

"이 '아무르'라는 강 이름은 제정 러시아 때 이쪽 총독을 지냈다는 아무르스키 이름을 딴 거겠지요? 이 도시 명칭이 이 지방을 점령한 장군 이름이듯……. 그렇겠지요?"

조카의 물음에, 최선생은 강바람에 날아갈세라 중절모를 눌러쓰며 대답했다.

"그게 아니야. 이 강은 원래 중국에선 흑룡강으로 불리잖나. 밤에는 이 강물이 옛 원주민들에게는 검은색의 농경수(農耕水)로 보였을 거거든……."

그러자 조카가 다른 의견을 펴며 다시 물었다.

"슈콜라 때 러시아 여선생은 장군 이름을 강 이름으로 썼다고 가르쳤는데요……? 러시아의 북쪽 바다는 표트르 황제가 예전의 북국 바이킹족을 이겨서 열었고 남쪽 바다는 아무르스키 장군이 열었다구요……. 블라디보스토크가 동방 정복이란 뜻이듯이 말입니다."

조카의 말에 최선생은 역사 전공자답게 단호하게 주장하였다.

"그 여선생 말은 그럴듯한 엉터리라구, 글쎄……. 넌 우랄 알타이족의 언어 '아물'에 검다는 뜻이 있다는 말 듣지 못했지? 어원을 따지면 아무르나 흑룡강이 다 우리 쪽 이름인 셈이야. 그런데 문제는 중국이 러시아에 패전하고 맺은 조약 후에 강을 다스릴 주도권을 빼앗긴 데서 오해가 생긴 걸 거야……."

최선생의 견해는 대체로 역사적인 사실을 바탕으로 한 터여서 설득력이 있었다. 요컨대 한때 발해 땅이었던 하바로프스크나 연해주는 80년 전까지만 해도 중국 영토였었다. 그랬는데 러시아가 1810년대 말에 아이훈(愛琿)조약[78]이란 것을 맺어서 이 지역을 청나라와 러시아의 공동관리 영역으로 삼아오다가 결국 러시아 영토로 만들어버린 셈이다. 역사란 이와 같이 민족이나 나라 사이의 힘에 의해 좌우되어온 것이다.

두 사람의 대화를 옆에서 잠자코 들으며 조명희는 역시 역사는 강한 자 편으로 흐르기 쉬운 것이라고 마음속으로 중얼거렸다. 그리고 새삼 그 지역이 우리 조상인 발해의 옛 땅이었음을 상기했다. 한민족과 연해주가 밀접한 관계인 것은 역사적으로나 지정학적인 면에서 숙명적이라고 할 만큼 필연의 이치였다.

특히 구한말 이후 연해주는 우리 애국지사들의 독립운동과 산업개척의 무대이기도 했다. 일찍이 사학자 겸 언론인으로서 이 지방에서 『권업신문』 주필을 지낸 신채호 선생, 러시아 총영사관에서 근무하다가 국권 회복을 위해 헤이그 밀사로 나섰던 이상설 선생이 그런 분들이다. 또한 상하이 임시정부 의정원 의장을 지낸 이동령 선생, 언론인으로서 독립운동을 폈던 장도빈 선생 같은 분도 포함된다. 조명희는 그런 분들을 한번도 만나지 못한 것이 아쉬웠다. 그분들 거의가 오래 머물지 않고 떠난 걸 보면 역시 이곳은 뿌리내리고 살기가 어려운 고장일까.

배에서 내린 세 사람은 아무르 강이 굽어보이는 산중턱으로 올라갔다. 그곳 잔디밭 위에 세운 야외 주점 테이블에 앉았다. 최선생이 정군을 시켜 절인 생선 안주와 값싼 보드카 술을 주문했다. 그러고는 지난 8월 베를린 올림픽에서 손기정 선수가 2시간 29분대로 세계 신기록을 세우며 마라톤에 우승한 소식을 비롯한 국내의 화젯거리로 이야기를 계속했다. 『동아일보』는 손선수의 골인 장면을 지운 일장기 말소사건으로 무기정간당하고 『신동아』 잡지도 폐간된 사실 등은 『선봉』 신문 기사 이상의 실감을 주었다. 조선 총독에 미나미 지로(南次郎)가 임명되고, 조선 불온문서 취체법, 조선 사상범 보호관찰령 공포·시행 등 민족 탄압의 강도 또한 높아진 상황에 대해서도 들었다.

보드카 서너 잔에 얼근해진 조명희가 문득 현지 소련 당국에 대한 불만을 토로하기 시작했다. 언론 출판 검열과 탄압

및 특정인 감찰행위는 한반도의 조선총독부보다 소련 당국이 더 심하다고 생각했기 때문이다.

"조선 출판 사정이야 그래도 이쪽에 비하면 양반 할애비 격이었다 말이외다. 그곳에선 벽돌 형식이나 삭제식으로라도 일단 발표는 하게 해주었으니까. ―그렇게 검열되어 나온 글은 외려 독자들에게 더 많은 의미를 전달하는 효과도 있고. ―안 그렇습니까, 최 선생?"

옆 테이블에 금발의 러시아인 남녀 서너 명이 담배를 피워 대며 대화할 뿐 그 야외 술집에서 한국말을 알아들을 사람이 없어 천만다행이었다. 서너 잔의 보드카에 취기가 오른 것일까. 조명희는 오늘만은 단단히 각오라도 한 듯 주위에 개의치 않고 조용하되 결연하게 말을 계속했다. 학교 수업 때도, 강연 때도, 원고지에 글을 쓸 경우도 철저하게 감시받으며 규제당하고 있다는 현실폭로적인 고발이요, 양심선언인 셈이었다. 제출한 원고를 돌려주지 않는 일은 다반사이고 발표 작품마저 검열로 인해 만신창이가 되게 마련이라는 것이다.

그러면서 조명희는 소련에 망명한 것이 후회스럽다고 실토하기도 했다. 당의 지시와 이른바 사회주의 리얼리즘 요건에 맞추다 보니 문학작품이 생기가 없고 도식적이라서 도무지 감동마저 사라졌다는 하소연이었다. 식민지 조선에서는 그래도 「땅속으로」, 「낙동강」, 「춘선이」 등의 소설로 정치와 사회를 어느 정도는 비판, 풍자하여 분을 조금은 삭일 수 있었다는 것이다.

"내 문학은 이 틀에 갇혀서 쪼들고 찌들어져서 만신창이 병신들이 되고 말았다 말이야."

모두가 사회주의 체제 찬양 아니면 스탈린 같은 독재자에 대한 송가들뿐이니 답답하기 그지없다는 것이었다. 그래서 근래에는 비교적 검열에서 자유로운 동화 · 동시 · 동요, 그렇지 않으면 동화극 같은 것을 통해서 원초적인 예술을 구현하려고 한다며 불만을 토로했다.

술을 깨려는 듯 냉수 두세 컵을 들이마신 포석은 오른쪽 호주머니에서 종이 한 장을 꺼내어 식탁 위에 펼쳐 보였다. 잉크가 번진데다가 몇 군데는 연필로 고쳐 쓴 시 원고였다. 서두와 끝부분의 덧칠하거나 지운 흔적이 눈길을 끌었다.

아무르를 보고서
원쑤의 창끝이 번쩍이는 국경을 끼고서
메와 들을 둘러 따따르 해협 어구까지
일만 리 먼 길에 굽이치는 아무르 강
시호떼알린의 송림을 헐고
사바이깔의 목재를 쓸어내여
건설의 속도에 힘주어 흐른다.

바하바롭쓰크시 언덕 밑 저 아무르
북빙양 찬바람의 추위를 받아
가만히 누워서 새날을 기다리니
알아라 ! 인도양의 해빛이 새하얀 눈이불 벗겨내며
기계 가진 아무르에 제 갈 길을 또 갈 것을
그러면 시호떼알린아 ! 시바이깔아 !
네가 내놓을 짐을 꾸려라.
소나무 참나무 베어내려서.[79]

조명희는 글쓰기와 강의, 신문 편집 등에 지치면 어린 자녀들과 함께 놀다가 무작정 집을 나서서 아무르 강가를 산책하곤 했다. 집에 들어앉아 있으면 잡념이 꼬리를 물고 일어나니 그걸 피하러 강가를 찾았던 것이다.

한번은 문학을 지망하던 제자 강태수와 강변을 거닐며 이야기한 일이 있었다.[80]

"나는 지금 조선 생각을 하고 있었소. 까물까물하는 등잔불 밑에서 작품을 쓰던 일이 생각나오. 조선 동무들의 고생이 눈앞에 선하오."

그러면서 간밤엔 이상하게도 서울 구경을 하고 옛 친구들도 만났다면서 우울한 표정을 지었다.

조명희는 한인들이 많이 모여 살던 블라디보스토크의 신

한촌이나 우스리스크 쪽의 육성촌보다 하바로프스크 생활에서 더욱 서울 가족 걱정과 향수에 젖었다. 그래서 친지 회갑잔치나 혼인잔치에 가서는 술에 취해 함께 망향가 가락에 젖곤 했었다. 몇 해 전만 해도 강연회나 강의 석상에서 그 완고하고 국수주의적인 육당이나 춘원이 싫어서 매도했던 그가 아닌가. 더구나 일본인 다나카 호즈미가 작곡한 가락에 맞춰 부르는 노래라니. 하지만 바로 최남선 작사라는 그 망향가 가락이 아코디언에 어울리면 망국 유랑민의 가슴을 깊이 울리는 데야 어쩔 수 없는 노릇이었다.

고국산천을 떠나서 수 천리 타향에
山달코 물선 타향에 客을 청하니
섭섭한 맘 향하노니 고향생각뿐
다만 생각나노니 정든 임 친구로

高山深海 육지가 천리를 隔하고
어언간에 岐壁으로 담을 쳤으니
고국 本鄕 생각은 더욱 간절코
돌아갈 기회는 망막하도다
秋風明月은 半空中에 높이 솟아서
萬世界를 명랑히 비춰주는데

月色을 희롱하는 저 기러기야
나의 고향소식을 전해주려므나

부모를 이별하고 형제 못 보니
대장부의 가슴도 막 무너지노라
(……)

- 최남선, 「망향가」[81] 일부

전 소련 지역에서 한반도를 지켜보며
—1938년부터 2000년대까지

아아, 조선이여! 고려인이여!

1937년 9월 중순 무렵, 조명희는 장편 『붉은 깃발 아래서』를 출판하기 위해 당 기관에 맡겨두고, 그보다 더 야심작이 될 장편 집필에 몰두하고 있었다. 한여름의 무더위 속에서 작가는 작품을 마무리하느라 러닝 바람으로 서재에 앉아 이 열치열의 글쓰기에 여념이 없었다.

그런 작가에게 뜻밖의 일이 닥쳤으니, 당시 현장에서 목격한 장녀(조선아, 왈렌티나)의 증언을 간추려본다.

1937년 9월 18일 새벽 2시쯤이었다. 작가가 서재에서, 일 년 전쯤부터 집필에 들어간 만주에서의 독립운동을 다룬 『만주 빨치산』 원고를 마무리하던 중이었다. 한밤중에 문을 두드리는 불길한 소리에 놀란 식구가 한참만에 문을 열자 소련 엔까웨데(내무인민위원부 비밀경찰) 3명이 닥쳐들었다. 흔히 말하던 검은 까마귀 중에는 러시아 사람 외로 고려인 통역자도 한 사람 끼어 있었다.

문이 열리자 그들은 곧장 서재로 가서 작가가 쓰던 원고뭉치며 서가에 꽂혀 있는 책들을 빼앗아 들고 작가에게 옷을 입으라고 명령했다. 이때 작가는 침착하게 옷을 입고 책가방을 들며 그들을 따라 나설 준비를 했다. 아내가 울음을 터뜨리자 작가는 "내가 소비에트공화국에 아무런 죄를 지은 일이 없으니 마음을 푹 놓으시오. 저들이 말하길 3일이면 된다하니 3일 후면 올 것이오. 잘 있소"라고 말했다. 이때 아이들도 어머니가 우는 것을 따라 울음을 터뜨렸다. 그러자 소련경찰 중의 한 사람이던 고려인이 어린 딸아이를 그의 무릎에 앉히고는 "울지 말라"며 달래어 주었다.[82)]

연행된 날 밤 내내 조명희는 내무인민위원부의 일반 경찰서가 아닌 하바로프스크 엔카베테 건물에서 심문을 당했다. 사복 차림의 남자 기관원 두 사람이 고려인 통역원을 두고 꼬치꼬치 묻는 것이었다. 왜 러시아로 들어왔으며, 어째서 아이들을 러시아 이름으로 부르지 않느냐? 지금 쓰고 있는 글은 무슨 내용이며, 왜 러시아 말로 쓰지 않느냐는 따위의 질문이었다.

그들은 조명희를 집으로 돌려보내지 않고 오래 구금하여 그는 영문을 모른 채 갇혀 지내야 했다. 그들은 며칠 후 작가의 머리를 삭발하고 구치소에 가두었다. 그리고 간단한 필기구를 넣어주며 소설의 줄거리와 지금까지 지내온 삶의 과정을 자술하라고 명했다. 초가을 감기와 영양실조로 인해 작가는 점차 깡말라가고 있었다. 면회도 일절 금지된 상태였다. 밤낮 구분 없이 고문에 의한 신음소리가 복도를 통해서 들려왔다. 한밤중이면 두어 차례씩 바로 구치소 담장 밖에서 들려오는 총소리가 작가의 심장을 후벼대곤 했다.

구치소에 갇혀 지낸 지 너덧 달이 지났다. 조명희의 가슴에는 '1938—167'이란 수인번호가[83] 붙어 있었다. 빡빡 깎은 머리에 남루한 수의를 걸친 채 앙상하게 여위었다. 광대뼈가 도드라진 얼굴에 수염이 덥수룩한데다 두 눈동자만 형형한 빛을 발하고 있었다. 그런 행색으로 포석은 깊은 생각에 잠기곤 했다.

조명희는 자신의 일생이 이 감옥에서 마감된다면 어떻게 평가될까 싶어 저절로 한숨이 나왔다. 그렇게 되면 그의 한평생은 미완성의 역정일 것이다. 하기야 신께서 주관한 인생극장에 출연한 배우라면 맡은 역할에 충실하다가 무대에서 내려오면 족할 일이건만, 이렇게 엉뚱하게 정치적 마수에 의

해서 타의로 퇴장당한다면 억울한 일이 아닐 수 없다는 생각이 들었다.

조명희가 걸어온 45년의 삶을 돌아보면, 고향 진천의 아늑한 보금자리에서 살던 청소년기는 봄철이었다. 일본에 건너가 고학하다 돌아와 창작에 전념하던 10여 년은 고생 속에서도 왕성했던 여름철이다. 그리고 소련에 망명한 후 소비에트의 고려인 문단에 종사한 나머지 10년은, 열심히 살았지만 그렇게 큰 수확은 거두지 못한 가을철이라 생각되었다. 하지만 정작 일생의 수확을 거두어들이고 정리할 겨울철 초입에 뜻밖의 삭풍을 맞아 이렇게 감옥에 갇혀 있는 처지가 안타깝고 분하기 그지없었다.

인생을 흔히 관측하듯 기승전결(起承轉結)의 과정으로 살핀다면, 조명희의 경우는 아무래도 미완성인 듯하다. 시작과 중간은 무던하게 이끌어오다가 마무리인 주요 부분은 미결 상태로 남는 셈이라 여겨져 한탄스러웠다. 근래 쓴 장편소설 두 편(『붉은 깃발 아래서』, 『만주 빨치산』)이 전해진다면 그런대로 창작의 공백은 메울 수 있으련만.

이승에서 못 다한 자신의 글쓰기 정신은 이국에서 꾸준히 길러온 고려인 작가 제자들을 통해 계속될 수 있을 것인가. 그리고 이 한 많은 아버지의 사랑과 참뜻이 한반도와 소련 땅 어디에 살 자녀들과 아끼는 조카들을 통해 이어지고 전해

질 것인가.

자신의 사상이 헤겔이 말하던 변증법적인 것이 되지 않았는가 싶어 조명희는 스스로 놀라는 때가 있었다.

일본 유학에서 돌아온 다음 재래의 안온한 타고르류의 신낭만주의를 버리고 고리키적인 사회주의 리얼리즘에 빠졌다가, 결국 민족적이면서 안온한 인간의 본향으로 되돌아온 자신의 정신적 행적이 정반합(正反合) 공식에 대입되는 듯하여 씁쓰름하게 느껴졌다. 하지만 이런 인간회복 의식은 결코 일생을 프로 문학의 선봉으로 살아온 자신의 배반이 아니라 오히려 크레믈린을 비롯한 소련 당국의 배신에 연유하고 있음이 분명하다는 생각이 들었다. 그런데도 자신은 아직도 왜 사회주의 체제에 미련을 버리지 못한 채 심한 갈등을 느끼며 번민하는지, 자책하지 않을 수 없었다.

감옥에서는 겨울나기가 무척 힘겨웠다. 가을에 지급받은 허름한 수의에다 낡은 담요 한 조각으로 툰드라의 겨울을 난 과정은 스스로 생각하기에도 용하게 느껴진다. 도대체 무슨 죄를 지었다고 이렇게 울 속의 동물 취급을 당해야 한단 말인가. 더구나 근래는 열흘이 멀다하고 담당 기관원이 조사실로 불러내어 엉뚱한 질문을 해대니 어찌된 속셈인가. 그 유도 선수 타입의 대머리 간부가 거듭 묻는 것은 천부당만부당한 것이 아닌가. 친한 일본인들과 내통한 일이 몇 차례였느

냐니? 그 원수 나라 왜놈들과 어찌 내통한단 말인가?

아이들 이름을 '조선아', '조선인'이라 짓고 필명까지 '조생'이라고 쓴 이유는 무엇인가 묻는 기관원의 눈은 각이 진 채 독기를 뿜고 있었다. 조명희는 되도록 의연하게 말했다. 이름은 고통받는 조국의 얼을 지킴과 동시에 본인의 자유 사항으로 알고 일부러 그렇게 지었노라고 대답했다.

그런데 최근 조선말로 쓴 『만주 빨치산』 내용은 왜 조선 장군(홍범도와 김일성)을 내세워 조선 독립만 강조한 것이냐고 묻는 데는 어이가 없었다. 그야 일본군은 조선과 러시아의 공동 적이요, 두 조선 장군은 압박받는 동족을 구하는 항일전쟁의 영웅이기 때문이라고 항변하듯 답했다. 그 원고는 앞뒤 부분이 좀 미진해서 손보던 중이었으니 우선 작품을 완성하도록 돌려주기 바란다고 감히 요청하기까지 했다.

그리고 조명희는 말을 삼가라는 통역원의 만류를 뿌리치고 열을 냈다. 숙명적으로 조선에서 태어난 조선민족으로서 조국의 독립을 그리는 것은 너무도 당연한 일 아니냐, 일찍이 레닌도 혁명 당시 약소민족 독립운동을 주장하지 않았느냐고 반문했던 것이다. 그러자 담당 기관원은 타이르듯 일러주었다. 조명희의 조국은 사회주의 소련이며 레닌은 이미 지하에 깊이 잠든 지 오래인 걸 아직도 모르느냐고 냉소를 흘렸다. 그리고 기관원은 순진한 반동분자가 민족주의의 꿈에서 빨리 깨어났으면 좋겠다는 듯 중얼거리며 조명희의 수인 번호를 거듭 확인하고는 방을 나갔다.

조명희는 문득 두고 온 가족이 보고 싶었다. 떠나올 때 만삭이었던 아내의 출산은 누가 도와주었을까? 치마 입고 재롱부리던 다섯 살짜리 선아와 연년생인 선인은 얼마나 울었을까. 끌려오던 날 밤 겁에 질려 울던 딸 손이나 잡아줄걸. 현관까지 아빠를 따라 나오려던 철부지 아들을 실컷 껴안아 주었더라면 좋았을걸. 조선에서는 자녀들에게 늘상 부부싸움하는 꼴만 보여주고, 아니면 굶기기를 밥 먹이듯 했지. 그런데 러시아에선 또 이 꼴로 자식들을 괴롭히고 있는 애비가 한심하고 슬펐다. 아내에게도 미안했다. 미안하오. 정말 미안하오! 추위에 애들 데리고 굶지나 않는지. 용서해다오, 용서해다오! 이 못난 애비를…… 정말 내 어쩌다가 이렇게 몹쓸 사람이 됐을꼬. 참으로 죄송하오, 죄송해.

어릴 적부터 늘 가까이 따르던 장조카 중흡(조벽암)에게도 새삼스레 미안한 생각이 들었다. 평소 삼촌의 결백한 점, 소탈한 점, 참을성 있는 점, 진실한 점이[84] 모두 좋다고 했던 그였다. 경성제대 법과에 들어간 인재인데도 이 몹쓸 숙부 영향으로 고된 문사의 길로 빠져들었다 싶어서 늘 죄책감이 일곤 했었다. 소련에 온 뒤로는 그 조카가 틈틈이 삼촌네 식솔들을 여러모로 챙기고 있다니 더욱 그랬다.

한번은 중흡이 하학길에 용돈을 남겨서 굶주린 삼촌네 식구 허기 채워드린다고 학생복 차림으로 쇠고기 한 근을 사가지고 집에 찾아온 적이 있었다. 하지만 쌀도 나무도 남은 돈도 없는지라 겨우 맨 고기만 지져먹었던 일이 가슴 뭉클하게 떠오른다. 그때 고보 졸업반이었던 조카가 조명희에게 진학 상담을 했었다.

"너는 어느 것을 제일 좋아하느냐?"

"문학이여요."

솔직하게 대답하는 그에게 삼촌은 만류하였다.

"아서라, 문학은 밥을 굶는다. 더욱이 조선서는."

"그렇지마는 밥 굶는 것이 무서워서 설마 못할까요?"

"하고 싶은 것을 못하는 것도 어려운 일이지마는 밥을 굶는 것도 어려운 일이니까. 설마가 더 두려운 것이니까." 하며 포석은 조카를 물끄러미 쳐다보고 어느 새에 굵은 눈물방울을 흘리는 것이었다. 속절없이 따라 우는 조카 손을 쥐고는 한참 후에 말하였다.

"중흡아! 정 문학이 하고 싶으면 고농을 가보아라. 농업하고 문학하고는 어느 점인지 다소 상통되어 밥 먹을 수도 있으니. 그렇다고 내가 지금 굶는 것이 싫어서 그러는 것은 아니다마는……."[85)]

새삼스럽지만 이곳에 끌려오기 전에 『선봉』 신문의 한 기자가 예측했던 게 들어맞았다. 당시 독일 · 이탈리아 · 일본 삼국이 반공협정을 맺을 추세인지라 크레믈린 당국도 대응책을 세울 것이라는 견해였다. 그래서 결국 고려인 압박정책과 스탈린의 철권통치에 의해 전 소련에 공포정치가 더해지리라는 판단이었다.

그런 판국이었으므로 조명희 역시 강압정치의 한 희생물이 될 우려가 적지 않음을 예감하고 있었다. 그래서 그들이 일본 첩자들과 내통한다든가 하는 혐의를 뒤집어씌우려 하면 강하게 대항하리라 내심 단단히 벼르곤 했다. 어차피 정의가 통하지 않을 경우 이판사판으로 나설 수밖에 없는 노릇 아닌가. 고려인들은 으레 모반죄 아니면 민족주의 종파분자거나 친일 협력의 스파이 죄 항목으로 몰아서 처단할 추세였기 때문이다. 결국은 세계 무산자 대중의 해방을 깃발삼아 일인 독재의 아성을 굳혀 인민 대중을 억누르려는 역설적인 사회주의 혁명 추구가 원인인 셈이다.

그런 생각을 하자, 갑자기 고독감과 더불어 삭발한 정수리가 서늘하도록 공포감에 사로잡혔다. 이곳에서 죽기라도 한다면 어떻게 될까? 암흑의 툰드라 땅에 이대로 미라처럼 묻히고 말까? 아니면 김우진이 도쿄에서 말한 대로 언젠가는 시베리아 하늘에 외로운 별로 밝게 떠올라서 한반도까지 비취줄 수 있을까? 그는 조국과 민족이 그립고 자신의 처지가 한탄스럽기 그지없었다. 아아, 한반도여, 고려인이여.

1938년 5월 11일 새벽쯤이었다. 조명희는 오랜만에 그리던 고향 땅에 찾아간 꿈을 꾸었다. 진천읍 벽암리. 그 숫골 마을 앞 당산처럼 버텨선 느티나무 둘레에는 한가위를 맞이하여 휘영청 밝은 달밤에 풍년을 기리는 농악놀이가 한창이었다. 꽹과리를 선두로 징과 장구를 치며 이끄는 줄을 따라서 고깔 쓴 농악꾼들이 버꾸놀이를 하며 덩실덩실 춤을 추었다.

심상치 않은 악몽이라 싶어 선잠을 깬 조명희는 수인번호를 부름에 따라 검은 그림자들에 끌려나가서 다시 돌아오지 못했다. 그렇게 심혈을 기울여 사회주의 운동을 하며 항일정신을 바탕으로 창작활동을 했던 포석 조명희. 그런 그가 어이없이 일본의 첩자로 몰려 다름 아닌 스탈린 통치하의 소련 비밀경찰 당국에 의해 억울하게 처형당하고 만다. 당시 그는 연해주의 고려인 지도자, 유력한 한인 민족주의자 2천여 명과 함께 희생된 것이다.

소련 정부의 입장으로는 남방 진출의 보루로서 점령해야 할 지정학적 요충지인 블라디보스토크 중심의 연해주 고려인들이 신경쓰였던 것이다. 그래서 1937년 가을 그곳 일대의 고려인 40여만 명을 중앙아시아 지역으로 강제이주시키는 격리정책을 세웠다. 그 전에 당시 고려인 사회의 비중 있는 지도자급 인사들을 미리 숙청하여 반발이나 저항 없는 강제송환을 노렸던 것이다.

하지만 인류사회의 정세 전환은 대자연의 순환법칙에 버금간다. 그 밀폐된 툰드라의 땅에도 햇살이 비쳤다. 1953년 3월 악명 높은 독재자 스탈린이 사망하자 격하운동이 일어남과 동시에 이전에 저질렀던 폭정의 진상과 죄악이 드러나게 되었다. 드디어 1956년 7월 20일 소련 극동군 고나우 군법회의는 1938년 4월 15일자의 조명희에 대한 사형선고를 파기하고 무혐의로 처리하여 복권시켰다. 사필귀정치고는 너무나 어이없고 때늦은 일이지만, 그나마 불행 중 다행스런 조처였다.

그 다음 후예들은 지금도

조명희가 검은 까마귀들에게 끌려간 지 보름 만에 그 가족들은 수많은 고려인들과 함께 머나먼 중앙아시아 땅으로 끌려갔다. 그러다 보니 체포되어간 사람 걱정보다 한 달 반 이상 달리는 열차 속에서나 허허벌판에서 추위 · 배고픔과 싸우느라 여념이 없었다. 어린 시절 그 참상을 몸소 겪어낸 조명희의 큰딸(조선아)의 증언에서 당시의 극한적 상황을 짐작하고 남음이 있다.

화물열차 안에서의 45일간은 삶과 죽음 사이의 거리가 너무도 가까운 시간들이었다. 사람들의 생명을 끝없이 위협하는 것들이 요소요소에 있었다. 전염병이 그랬고 부족한 식량이 또한 그랬으며 그 외에도 이루 다 기억하지 못하는 어려움들이 삶보다는 죽음을 더 친숙하게 느끼게 했다. 셀 수조차 없는 너무나 많은 사람들이 전염병으로, 추위로 또는 차에서 떨어져서 혹은 잠시 정차한 사이 물을 구하러 갔다가 기차에 타지 못해 버려지고 죽었다.

(……)

이때 어머니는 블라디미르를 낳았다. 아버지가 잡혀간 후 2개월째 되는 날이었다. 북새통을 이루는 화물열차 안에서 어머니는 돌봐주는 이 없이 블라디미르를 낳아야 했다. 블라디미르를 낳느라 신열에 겨운 어머니를 지켜보며 미하일과 나는 사람이 죽음으로 일순간에 전환될지 모른다는 공포어린 느낌을 처음 배웠다.

당시 네 살배기였던 동생 미하일(조선인)조차 물을 구하러 열차 밖으로 나가보려던 어머니에게 "제발, 물 가지러 가지마요. 난 물 안 먹어요"라고 말하며 어머니를 붙들었던 시간. 그 시간동안 아버지 없이 혼자 우리 삼남매를 돌봐야했던 어머니가 당하신 고통과 어려움을 상상하는 것, 그 자체가 고통스럽다.

중앙아시아에 도착한 것은 1937년 12월. 우리를 실어다 놓은 곳은 영하 35도의 카자흐스탄 악츄빈스크였다. 도착했을 때 우리 식구는 모두 병에 걸려 죽음에 저항할 힘이 없었다. 어머니는 한 살도 못되어 죽어가는 블라디미르를 안고 또 나와 미하일의 손을 잡고 발을 동동 구르며 악츄빈스크의 병원을 찾아갔다. 어머니는 문 앞에서 만난 간호원을 붙들고 "이 죽어가는 아이들을 어떻게 하면 좋겠는가"라고 울며 사정했다. 다행히 그 러시아 여자 간호원도 남편이 체포되어 갔기에 같은 운명을 겪는 우리 가족을 동정해 잘 돌봐주었다.[86]

그 후에 식구들은 강제이주되어 온 동족들과 함께 카자흐스탄 벌판의 눈 속에다 구덩이를 파고 만든 토굴 속에서 짐승처럼 끈질긴 생명을 부지했다. 원동에서 보따리에 싸온 옥수수나 콩으로 죽을 끓여먹다가 떨어지면, 현지 원주민들한테서 옥수수 밥을 빌어먹으며 배고픔을 달래고 누더기를 얻어다 추위를 견디며 살았다. 대개의 소련 사람들에 비하면 아무래도 체격부터 약하다 싶은 고려인들이지만 그 강인한 생명력은 실로 무서울 정도였다.

기나긴 겨울이 지나가자마자 사람들은 토굴에서 기어나와서 나무들의 새순과 풀뿌리 등을 캐어 먹으며 지냈다. 조명희의 부재로 가장이 된 황명희 또한 이른 봄부터 품팔이를 해야 했다. 꼬박 이틀을 굶은 채 원주민 목화밭 이랑에 널브러져 있다가 아이들의 부축을 받아 집에 온 적도 있다. 그래도 그녀는 몇 숟가락 죽을 먹고 원기를 회복하면 밤늦도록 재봉틀 앞에 앉아 삯바느질을 하면서 자식들을 먹여 살리기에 온 힘을 다했다.

그러다가 1940년대에 들어서는 조명희의 가족들도 우즈베키스탄에 새로 생긴 고려인 콜호스(집단농장)로 들어갔다. 고려인 서른다섯 가구가 타슈켄트에서 그리 멀지 않은 곳에 묵혀 있던 너른 땅을 새로 개간했던 것이다. 그들은 근처에서 모범을 보이던 김병화 농장을 본받아 새로 벼농사와 목화농사를 해서 살림들이 좀 피기 시작했다. 황명희는 고려말을 가르치지 않는 그곳 조선학교 대신 모스크바로 자녀를 보내 공부시켰다. 어릴 적에 조명희한테서 한글과 문학을 배웠던 황동민과 최금순 부부가 모스크바대학 연구소에서 한국어문학 일에 종사하고 있었던 것이다.

1956년 스탈린이 권좌에서 물러나고 후루시초프가 집권하면서 아버지가 복권되었다. 그때부터 아버지의 이름으로 연금도 나오고 공공주택도 받을 수 있게 됐다. 모스크바와 레닌그라드를 빼고 어디든 살고 싶은 곳을 택하라는 말에 어머니는 나의 시집이 있는 타시켄트를 택해서 공공 주택을 받았다. 그런 뒤 어머니는 호레스무에서 살던 우리를 불러들이셨다. 어머니의 제안을 받고 우리가 다시 타시켄트로 돌아 온 것은 1957년이었다. 세 칸짜리 집에서 우리는 두 칸을 쓰며 함께 살았다. 딸 김 다이시야가 태어난 것은 아버지가 복권되던 1956년이었다.[87)]

1959년 말에는 조명희의 처남 황동민 엮음으로 두툼한 570쪽짜리『조명희선집』이 모스크바에서 출판되었다. 그 나라 공식기관인 소련과학원 동방출판사에서 한글판으로 펴내서 보급한 것이다. 소련인들도 다수 참여한 가운데 조명희 탄생 65주년을 기념해서 '조명희 문학유산위원회 주관'으로 이루어져 더 뜻 깊었다. 그동안 터부시되어 읽지 못했던 조명희 관계 여러 작품들이 소련에서 해금되고 북한 내에서 재조명되어 널리 읽혀졌음은 물론이다.

일찍이 조명희와는 동향에다 거의 같은 또래의 카프 작가로서 한집에서 함께 살기도 한 민촌 이기영도 새롭게 평가된 조명희를 기리는 데 나서고 있음을 본다.

조명희의 이름은 현대 조선 문학의 창시자의 한 사람으로서 귀중할 뿐만 아니라, 해방 전에 자기의 재능과 창작

활동을 통하여 일제를 반대하는 조선 근로 인민의 해방투쟁에 기여한 그 업적으로도 또한 높다.

국내에 있어서 조명희의 창작 활동은 조선 노동 계급이 민족 해방 투쟁의 령도자로 사회적 무대에 진출하기 시작하던 20년대부터였다. 이 시기에 최소한 조선 로동 계급의 장래 운명에 자기의 창작 활동을 결부시킨 진보적 작가들로써 프로레타리아 문학 대렬이 형성되기 시작하였다. 조명희는 바로 이러한 초기 프로레타리아 문학 대렬의 중심에 서 있었다. 그는 인민의 투쟁을 열렬히 지지 하였음은 물론, 그를 위하여 굴할줄 모른 투사로—작가의 한 사람으로 진출 하였다.[88]

중앙아시아에 흩어져 살던 조명희 자녀들은 1989년에 비로소 어릴 적 고향인 원동의 하바로프스크에 찾아갔다. 그리고 아버지의 체취와 한이 서린 생사의 현장에서 외로운 넋을 달래주었다.

아버지가 돌아가신 감옥에 가 보았을 때는 심장이 터질 것만 같았다. 하바로프스크의 주르사 감옥. '42년 힘줄경련증에 의한 사망—문서분류번호 803'으로 기록된 소련 당국의 문헌을 믿지 못해 아버지의 정확한 사망 일자를 확인하려고 나는 그곳에 갔던 것이다. 나는 그곳에서 아버지의 사형집행일자가 1938년 5월 11일 밤 11시라는 것을 확인했다. 아버지가 총살당한 그 차디찬 담벼락도 볼 수 있었다. 일본제국주의의 강압 아래 굴종하는 타락한 지식인의 모습을 견딜 수 없어 조국을 떠났던 아버지가 이국땅에서 일본 밀정이라는 오명을 뒤집어쓰고 사형을 당했던 그 오욕과 역설의 역사를 그 담벼락은 말하고 있었다. 아버지를 쏜 사람을 만났을 때 나는 그에게 얘기하지 않을 수 없었다.

"당신은 내 아버지만을 쏜 것이 아니오. 당신이 쏜 것은 단지 조선인 한사람만이 아니오. 당신은 조선 문학을 쏜 것이오."[89]

조명희는 연해주 곳곳에서 10년 가까이 생활하는 동안 손수 한글 작품을 써서 발표하면서 많은 제자를 문학가로 키워냈다. 작가 강태수 · 김기철 · 김세일 · 김종세 · 김증손 · 박 보리스 · 우제국 등과 시인 김준 · 김광현 · 전동혁 · 조기천 · 한 아나톨리 · 김두칠, 그리고 희곡작가 연성용 · 림하 · 태장춘 등. 대부분의 고려인 문인은 원동에서 청소년 시절 작가 포석의 감화와 직접 · 간접적인 지도를 받은 사람들이다.

2007년 6월 국제한인문학회와 서울대 현대문학회 주최로 열린 고려인 이민 70주년 특별 초청 연사로 참석한 정상진 옹도 증언한 바 있다.[90] 강제이주 전에 10대 청년이던 그는 당시 연해주 블라디보스토크 신문사 강당에서 열띤 조명희 선생의 강연을 듣고 감명을 받았다는 것이다. 특히 이광수와 최남선 등의 친체제적 문학과 처세에 대해 강렬하게 비판했던 것이 생생하다고 했다.

일찍이 원동에서 포석 조명희 선생의 영향을 받고 문인이 된 사람 가운데서도 꼽히는 이들의 면면은 돋보인다.

"그의 영향 아래서 소련 조선인 문단의 대표적인 시인 강태수 · 유일룡 · 김해운 · 한 아나톨리 · 조기천 · 전동혁 · 김증송 · 이은영의 창작이 활기를 띠기 시작했다. 이들은 진실한 의미에서 포석 선생의 제자들이다."[91]

이들은 1937년의 강제이주 이후 중앙아시아의 카자흐스탄이나 우즈베키스탄 등지로 가서 한글문단의 중심 문인이 되었다. 이 고려인 문인들은 그곳 작가동맹 소속의 당당한 맹원으로서 전 소련 지역에 널리 배포되는 『레닌기치』 등에 작품을 발표했다. 현지에서 한글판으로 출간된 문인 개인의 창작단행본(시집, 중장편과 소설집, 희곡집 등)이 10권에 가깝지만[92] 공동(합동)작품집도 여러 권[93]이다. 조명희야말로 연변 중국 조선족 자치주 한글문단 못지않게 중앙아시아 알마타 한글문단을 키운 국외 고려인 문학의 아버지가 아닐 수 없다.

조명희의 문학이 모국인 한반도 문단에도 적지 않은 영향을 미쳤음은 주목되는 사실이다.[94] 그 가운데 특히 연해주에서 조명희에게 배우거나 포석이 편집한 한글신문 『선봉』 문예면 등에서 지도받은 고려인 문인들이 많았다. 그들은 척박한 이방세계의 이민족 틈에서 살면서도 모국어로 작품활동을 함으로써 정체성 있는 민족의식과 문학정신을 지켜온 보루라 할 수 있다. 그 가운데 고려인 한글문단에서 활동하며 『레닌기치』 문화부 기자 등을 거쳐 1945년 직후 해방 조국에 와서 초창기 북한 사회주의 문학을 이끈 문인들의 활약은 특히 중요하다. 시인 조기천[95]은 북한에서 『백두산』 등으로 소비에트 문학을 선전하고 북한 작가동맹 위원장 일을 하다가 산화했다. 시인 전동혁[96]은 소련 대사관 참사관으로 일했으며, 평론가 정율(정상진)은 김일성대학 교수와 문화선전성 부장, 조선문예총 부위원장으로서 초기 북한문예를 총괄 지시 · 감독하는 주역으로 활약했다.

뿐만 아니라 조명희 문학은 광복 이후 남한에도 적지 않은 영향을 끼쳤다. 물론 반공 이데올로기에 젖은 남한에서는 사회주의 성향을 띤 조명희의 문학이 경원시되었지만, 그런 가운데서도 그 진가는 부정할 수 없었다. 북한에서 인민학교와

조명희의 가족

• 한국에서

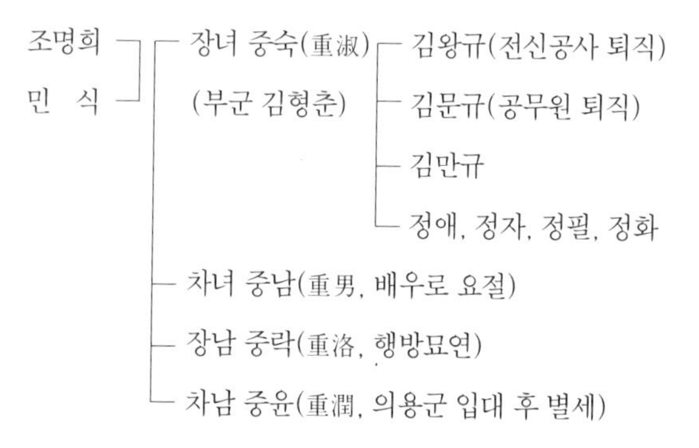

• 소련에서

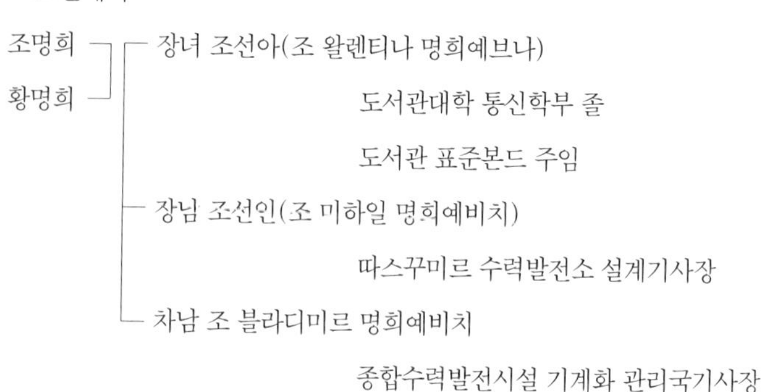

중학 과정을 마치고 한국전쟁 때 월남한 『광장』의 작가 최인훈의 경우도 이에 참고된다. 감수성이 강한 소년기에 그는 포석의 남다른 작품세계와 행적에서 깊은 감명을 받았다. 그는 문제작인 『낙동강』을 읽고 받은 감명과 감화의 영향으로 작가의 길을 택했음을 자전적 소설[97]에서 거듭 밝히고 있다. 터부시되어오던 예의 수많은 납·월북작가의 경우에 비해 문학사에서 작품성 등이 높이 평가되고 1980년대 이후 포석 문학 자료의 확대와 함께 연구열이 뜨거워진 현상을 보면 남북한 공히 조명희 문학의 위상은 높다고 할 수 있다.

작가 조명희의 자손 현황을 살펴보면, 국내외에 걸쳐 두 갈래인 점과, 여러 자녀들의 삶이 일반인의 그것에 비해 무척 불우하다는 점에서 안타까운 느낌이 든다.

본국에 남아 있던 첫 부인 민식은 남편이 소련으로 망명한 이래 고단한 삶을 영위했다고 전한다. 본디 양반 가문에서 자란 그녀이지만 혼자 2남 2녀를 키우느라고 6·25전쟁 때는 광나루에서 강냉이장수까지 했다 한다. 노년에는 아들 형제와 더불어 군산의 큰사위 집에서 지내다가 1964년에 작고했다는 사실을 외손자로부터 확인할 수 있었다.

2남 2녀 중 장녀 중숙만 제대로 혼인을 했다. 중숙은 보성전문학교 출신으로 부여 갑부 아들인 김형춘과 결혼하여 군산을 거쳐서 신탄진에서 오래 살았다. 그녀는 아버지가 남겨두고 떠나는 바람에 고생한 사남매를 자신이 대신 잘 보살피겠다는 마음으로 살았다는 것이다. 아버지를 마음속으로 원망했던 그녀는 여러 자녀를 낳았지만 국문학과에 다니던 아들(김문규)에게마저 외할아버지에 대해서는 이야기를 삼갔다고 한다. 그리고 해마다 칠월 칠석날이면 '훗날 백마 타고 오겠다'며 집 떠나서 소식 끊긴 아버지를 '썩을 놈의 인간'이라고 욕하며 원한 섞인 눈물을 흘렸다는[98] 그 심정이 이해되고 남는다.

그러나 그런 그녀도 나중에는 아버지의 처지를 이해하는 아량을 드러낸다.

아버지가 망명하실 때의 기억은 또렷하지. 28년도 칠월 칠석 때인데 남들은 헤어졌다가도 만나는 날에 우리는 헤어졌으니 얼마나 애통한 일이냐. 할머니께서 가장 비통해 하셨고, 결국은 이듬해에 돌아가셨지. 고등계 형사들이 노상 들락거리고 못 살게 굴었으니 아버진들 어찌 견디셨겠냐. 전날 어머니에게 쌀 한가마 들여 놓은 것으로 끝이었지.

천주교 신자인 어머니는 집안 식구 열다섯 명이 모두 성공회에서 영세 받도록 했는데 (……)

망명 후에 몇 번 인편으로 안부 편지와 얼마간의 돈을

보내온 적이 있었는데 그나마도 순사들의 등쌀에 중단되고, 생활이 말이 아니었지. 경성제대 나온 사촌오빠 벽암이 큰 도움을 주었지만.[99]

그녀는 1991년에 처음으로 아버지 나라를 찾아온 이복 여동생(조선아)을 만나고 난 몇 해 후인 2004년 고혈압(중풍)으로 고생하다가 작고했다.

차녀인 중남은 미모를 지녔는데, 한동안 버스 차장을 했다고[100] 한다. 연기에 재능이 있어서 나중에 김선영이 주연하는 청춘좌(동양극장)에서 한은진과 함께 공연했지만, 열아홉 살 나이에 폐결핵으로 요절하고 말았다. 또한 장남 중락은 한때 공직생활을 했으나 아버지의 전력으로 인해서 파면된 후 영화 엑스트라 등을 하다가 행방이 묘연한 상태이다. 차남 중윤은 청년시절 매형에게 얹혀사는 게 미안하던 중 한국전쟁이 나자 의용군으로 나간 모양이다. 북한에서 전쟁 미망인과 살고 있다고 타슈켄트에 살던 조선아와 상면한 자리에서 말했다는데, 그 역시 64세에 작고했다고 한다. 모두가 오랜 식민통치와 분단체제로 인한 비극으로, 그 남은 상처는 너무 깊다.

그런가 하면, 구소련 지역에 살던 포석의 가족들은 갖은 고초 속에서도 나름대로 열심히 생활했다. 황명희는 중앙아시아를 전전하며 자녀들을 키우다가 1972년에 암으로 별세했다.

장녀 조선아는 일찍이 중앙아시아에서 도서관대학 통신학부를 졸업하고 타슈겐트 소재 도서관에서 오랫동안 일했다. 포석의 외손주인 그녀의 장남 김 안드레이는 타슈켄트사범대 한국어 교수 등을 역임했다. 장남 조선인과 차남 블라디미르는 모두 중앙아시아 우즈베키스탄에서 한 수력발전소의 기술자로 일했다.

한반도와 소련 지역에 나뉘어 살던 이들 두 가족은 1991년 가을에 일시나마 뜨거운 혈육의 만남을 가졌다. 청주에 사는 포석의 조카 조중협 옹과 동양일보사 초청으로 조선아와 블라디미르가 한국에 와서 보름 동안 지내다 돌아갔다. 조명희의 소련 망명 후 63년 만에 아버지 대신 이들 남매가 고국 땅을 밟아 모처럼 혈육의 정을 나눈 것이다. 모국에 오는 길에 그들은 거주지인 중앙아시아 현지에서 미리 러시아어로 새겨온 조명희 묘비석을 자신들의 고향이기도 한 하바로프스크의 조선인 위령비 앞에 세웠다.

1991년 11월 10일 오후, 하바로프스크 발 비행기로 서울에 도착한 그들은 꿈에 그리던 아버지의 고향 땅을 밟았다. 충북 진천읍 벽암리 생가 터 마당에다가 하바로프스크에서 가져온 흙 한줌을 뿌리고 말린 살구와 포도 등의 과일도 진

열해놓고 엎디어 절을 올렸다. 조명희는 소련 망명 63년 만에 자녀들과 함께 영정으로 고향에 돌아온 셈이다.

조선아는 그야말로 아버지를 꼭 빼닮은 이복 언니 조중숙과도 난생 처음 만나 부둥켜안았다. 그 당시 신탄진에 살던 76세의 언니는 중풍에 시달리는 몸으로 동생을 부여잡고 울먹이며 말을 잇지 못하였다. 비록 보름 동안이나마 그들 이복 혈육들은 아버지에 대한 원망과 함께 묵은 한을 풀었다. 일행이 중앙아시아로 돌아간 후에도 조명희의 외손자(조선아 아들) 김 안드레이는 한국 문화와 말을 익힐 겸하여 일 년 동안 서원대학(전 청주사범대학)에 머물러 있기도 했다.

1990년대에 들어서는 88올림픽 이후 한국과 소련 사이에 이루어진 해빙 무드와 함께 한국에 사는 조명희의 친인척들이 소련 현지를 답사하여 외로운 혼을 위무하였다.

1992년 봄에는 신탄진 사는 작가의 외손자 김왕규 부부와 포석의 손자 항렬인 두 문인이 연해주의 하바로프스크 주르사 감옥 일대와 작가의 집에 다녀왔다.

그리고 그곳에 다녀온 소감을 글로 써서 남겼다.

꼼쏘몰스카야 거리 52호에는 포석 선생의 체취가 담긴 '작가의 집'이 아직도 그대로 남아 있다. 그동안 아무도 살지 않아서 쇠락하여 벽채만 우뚝 서 있다. 둥근 창문틀이며 지붕선이 곱게 모양을 냈던 멋진 2층집 다세대 연립형 주택인데, 벽에는 함께 살았던 소련의 유명한 작가 파제예프가 살았다는 동판이 붙어 있다(1935~36). 파제예프의 추천으로 선생이 소련 작가 동맹에 가입하고 함께 살며 문학을 논했던 집이라서 우리는 집 안팎을 드나들며 살피고 선생의 자취를 더듬는다.

포석 선생의 후손인 우리 방문단은 집 주위를 돌며 깊은 감회에 빠져 들었고, 원상태로 복원했으면 좋겠다는데 의견이 모아졌다.

우리는 타쉬겐트에서 있었던 '조명희 거리' 명명식에 다녀오는 길인데 사실은 실제 그 분이 사셨던 이 거리가 '조명희 거리'라야 제격일 터이다.

선생은 이집 2층 한편에 사셨는데, 망명생활 10년을 한창 꽃피우다 37년 9월 NKVD에 체포되어 가셨던 곳이 바로 여기니 더욱 원통함과 안타까움이 서릴 수밖에.

(……)

포석 조명희 선생의 묘지는 공항과 시내 사이 큰길가에 있었다. 공원으로 꾸며진 공동묘지에는 큰 자연석을 세워 억울하게 죽은 일을 기념하고 작은 교회를 세워 한 많은 넋들을 위로하고 있었다. 선생은 망명하기 전, 고향의 진

천성공회가 세운 신명학원에서 (……) 신앙심어린 시도
쓰셨다.

시신이 묻힌 정확한 위치는 알 길 없고, 자녀들이 만들
어 세운 묘비 앞에 우리는 모여 선다.

「조선의 뛰어난 작가 조명희」란 빗돌에는 여기 식으로
선생의 모습을 쪼아 새겼다.[101)]

우즈베키스탄에서 사서주임으로 퇴임한 이후 그곳에서 1990년에 발족한 조선문화협회 서기로 일하며 조명희 선양 사업에 열심이었던 조선아 여사를 필자도 한 번 만난 바 있다. 학진 과제 연구차 중앙대 고려인문학답사 팀과 함께 타슈켄트를 방문했던 2003년 여름(8월 25일) 그곳 나보이 문학박물관 현관에서였다. 그 무더위 속에 둔중하고 관절이 불편한 노구를 이끌고 3층 계단을 오르며 일행에게 '조명희문학기념실'을 안내해준 그녀는 기념촬영도 함께 했다. 하지만 그녀의 장남인 김 안드레이 교수가 다른 도시 대학으로 옮겨가 있는지라 통역이 어렵다고 해서 조명희에 대한 정보 교환은 안 되었다.

2001년 여름 필자가 처음 방문했을 적에는 조선아 여사의 건강이 좋지 않다며 고려인 며느리가 전화를 통해 면담불가를 전했었다. 그녀를 대신해서 나온 포석의 외손자 김 교수

와 타슈켄트 한국교육원 가까운 식당에서 만나 소련판 『조명희선집』 한 권을 전해주며 서투른 대화를 나누던 사정과는 대조적이었다. 그나마 그 따님마저 2004년에 작고했다니, 그녀가 기념으로 건네준 유리제품(촛대)만 서재 한쪽에서 새로워 보인다.

1988년 서울 올림픽을 전후하여 한국에도 조명희의 작품이나 작가론 연구 자료가 대폭 증대되고 활성화되기에 이르렀다. 단편적이거나 소련 망명 이전의 작품에 치우쳤던 이전 연구의 한계성을 확충한 학술논문들이 연이어 나왔다. 김성수나 김상일 및 김형수 등이 비교적 초기에 문제를 제기하며 나타났다. 이어서 김흥식의 현장답사를 곁들인 실증적 접근이 돋보였다. 또한 민병기·정덕준 등이 여러 편의 논문으로 접근해나갔다. 그 후 조명희의 소련지역 현장활동분까지를 섭렵해서 고찰한 중후한 단행본이 선을 보이기 시작했다. 그 보기로는 동양일보출판국 엮음 『포석 조명희전집』과 이명재 편저의 『낙동강(외)』, 우정권의 『조명희와 선봉』 등을 들 수 있다. 특히 2000년대에 들어서는 조명희 문학에 관한 학위논문들이 다수 발표되고 있다.

그밖에도 조명희 기념사업이 활발히 진행되고 있다. 조명희의 자녀들이 나서고 일부 현지 명사들이 주선해서 1989년

말 우즈베키스탄 공화국의 알리셰르 나보이 박물관 안에 '조명희 기념실'이 열렸다. 이어서 1992년 봄에는 타슈켄트 시내 벡테미르 지역에 '조명희 거리'가 생겼다. 그리고 1994년 가을에는 진천에서 '탄생 100주년 기념 포석 조명희 문학제'가 열린 데 이어, 생가 터에 조명희 표지비가 세워졌다. 또한 2006년 여름에는 '잃어버린 문학사를 찾아가는 작가들의 모임' 중심으로 포석이 주로 활동했던 연해주 블라디보스토크 소재 극동대학교 한국학대학 교정에 '포석 조명희문학비'를 세운 바 있다.[102]

그리고 포석의 고향과 중국 조선족 자치주에서는 작가 조명희를 위한 문학행사가 정례적으로 행해지고 있다. 작가 탄생 백주년 이래 진천군과 포석회, 또는 『동양일보』와 포석회 공동주최로 조명희 문학제 및 추모제를 겸한 백일장이 전국적인 연례행사로 열린다. 2003년 이래 중국에서도 해마다 초여름 무렵에 '연변 포석 조명희문학제'가 열리고 있다. 이런 일련의 기념행사는 한국 최초의 망명문인으로서 기구한 삶 속에서 치열한 작품활동으로 우리 문학의 영역을 넓힌 항일 민족작가의 높은 뜻과 업적을 기리는 노력의 일환이다. 포석 조명희는 사후에도 그 작품들과 제자들로 새롭게 평가받으며, 우리 민족문학사의 큰별로서 시베리아 하늘에서 형형한 빛을 발하고 있다.

주

1) 조명희에게는 아명(칠석이) · 자(景德) · 호적명(趙明熙) 밖에 여러 아호(蘆笛 · 木星 · 包石 · 抱石), 필명(趙明熙 · 조생 · 포석) 등이 있다. 여기에서는 대체로 편의상 유소년기를 칠석이, 청장년기를 명희나 포석, 그리고 망명 이후는 조명희로 표기하기로 한다.
2) 『槐堂詩稿』(조공희, 경성, 1929)에는 1864년 11월 17일자로 조비대전에서 내린 포상문서가 있다.
3) 김홍식, 「조명희 연구(1)」, 『人文學硏究』 20집, 1993, 32쪽.
4) 『뒷목문학』 제19집, 1990, 포석 조명희 특집 기사.
5) 포석의 맏형인 공희(1854~1933)는 집안의 장자로서 일찍이 한시도 짓고 향시(鄕試)에 장원한 이후 벼슬도 했다. 그러나 동학란 이듬해에 민비가 일본 낭인들에 의해 시해됨을 보고, 익산 지방의 공부(工部) 파견 관직을 버린 후 그곳 주졸산(현 구봉산)에 들어가 칩거한 지사형 선비이다.
6) 김홍식, 앞의 글, 1993, 33쪽. 이 글에서는 공희의 문집 내용을 많이 검토했다.
7) 포석의 둘째 형(경희)의 양자로 간 조중협은 교육자(교장)로서 슬하에 다섯 남매를 두었다. 그중에 장남(성호)은 수필가로서 약국을 경영하며, 차남(철호)은 시인으로서 청주에서 『동양일보』

사장과 충북예총회장 등을 맡아왔다.

8) 『뒷목문학』 19집, 1990, 191~194쪽의 조중숙 및 마을 주민 증언 참조.

9) 출생지 마을에 푸른 빛깔의 큰바위를 일컬은 지명 그대로인 벽암을 필명으로 삼은 그는, 본디 포석의 셋째 형 태희의 장남이었으나 장손인 공희의 양자로 갔다. 경성제대 법문학부를 졸업했으나 숙부인 포석의 영향을 받아 시인 겸 평론가로 많이 활동했다. 해방 전에는 화신상회의 간부로 일하며 숙부(명희) 가족들 생계도 자주 도왔다. 광복 후에 출판사를 경영하다 월북하여 그곳의 문학가동맹 부위원장과 평양문학대학장 등을 지낸 그는 1985년에 작고했다.

10) 이런 사실은 근년 들어 수차에 걸친 필자의 방문과 문의에 의해서 포석의 손자뻘인 수필가 조성호 약사가 부친(조중협 옹)께 직접 여쭈어 확인한 바를 정리해 쓴 것이다.

11) 시집 『봄 잔디밭 위에』, 춘추각, 1924. 6.

12) 정신분석학적으로 보면 일찍 부친을 여읜 김소월은 어릴 적의 동일시 과정에서 씩씩한 부친 대신 자상한 어머니와 숙모(계희영)한테서 도착된 성정을 영향받았기 때문에 여성화된 성품을 지녔다고 보인다. 따라서 그는 카를 융이 말한 아니마(남성 속의 여성성)로 인해서 시 작품 등에 여성 취향성이 두드러진다고 파악된다.

13) 조벽암, 「그에 대한 일화 몇 가지」, 『조선문학』, 1962. 7, 82쪽.

14) 대한성공회 백년사편찬위원회, 『대한성공회백년사』, 대한성공회출판부, 1990, 73쪽, 74쪽.

15) 지금까지는 흔히 조명희가 성공회 부설 신명학교를 졸업했다고 추측했으나, 그 학교는 1908년에야 세워졌으므로 그는 1905년

에 먼저 개교된 사립 문명학교(현 상산초등학교)에 입학하여 다녔고, 1910년 이후에 졸업한 것으로 추정된다. 이런 사실은 그의 「느껴본 일 몇 가지」(『개벽』, 1926. 6)에서 소학생 때 한일합병에 대한 울분을 선생한테서 강연을 들은 대로 집안 식구들에게 전했음을 감안해 김홍식 교수도 앞의 글, 35쪽 등에서 같은 의견으로 뒷받침하고 있다.

16) 조벽암, 「그에 대한 일화 몇 가지」, 82쪽.

17) 이만열 엮음, 『한국사 연표』, 역민사, 1985.

18) 조명희, 「생활기록의 단편」, 『조선지광』 65호, 1927. 3, 7~12쪽.

19) 조명희가 고향에서 한동안 미션계 학교의 교편생활을 했던 사실은 그의 자전적인 소설 「R군에게」에서도 드러나고 있다. "내가 ××군 읍내에 있는 교회당에 가서 교회의 권사라는 직책과 그 교회 부속 소학교의 가르치는 일을 보고 있을 때일세."

20) 조벽암, 「그에 대한 일화 몇 가지」, 84쪽. 시 「경이」는 일찍이 『폐허이후』(1924. 1)에 발표한 폐허 동인지 그룹의 연륜에 드는 작품이다.

21) 조명희, 「생활기록의 단편」.

22) 유민영, 『한국근대연극사』, 단국대학교출판부, 1996, 518~525쪽.

23) 『동아일보』, 1928. 6. 13.

24) 같은 글.

25) 『조선지광』 65호, 1927. 3, 11쪽, 12쪽.

26) 이기영, 「포석 조명희에 대한 일화」, 『청년문학』, 1966. 9, 28쪽. 또한 이기영은 「추억의 몇 마디」, 『문학신문』, 1966. 2. 18에서도 같은 내용을 말한 다음, "나는 신문사로 찾아가서 구면인 그를 반갑게 만나 보았다"고 증언하고 있다.

27) 같은 글, 28쪽. 그러므로 포석은 일부에서 간주하듯 『시대일보』 기자가 아니라 『조선일보』 기자로 잠시 근무했던 것으로 여겨진다.

28) 포석이란 이름에 관해서는, 여러 해 작가와 함께 생활했던 이기영은 『조선문학』(1962. 7)에서 소설 「땅속으로」의 주인공처럼 어려운 삶에서 "돌을 안고 땅 속으로〔抱石入地〕 들어가는 심정"을 드러낸 것으로 본다. 또한 포석의 조카인 조벽암 시인은 위 문예지에서 그 아호를 "조국의 바윗덩이를 끌어안고 이를 갈고 싸워야 한다는 의지"를 담고 있다고 말하고 있다. 『조선문학』, 1962. 7, 83쪽.

29) 카프의 비해소파란 결성 이후 2차의 일제검거를 당하고 탄압이 심해가자 1934년 당시 간부였던 임화 · 김기진 · 김남천 등이 경기도 경찰국에 해체계를 제출했다. 이런 집행부의 행위에 반대하여 비해소 자세를 지켜온 이기영 · 한설야 · 송영 · 엄흥섭 · 이동규 · 박세영 · 박팔양 등을 지칭한다.

30) 『조선지광』 69호, 1927. 7.

31) 같은 책.

32) 조벽암, 「그에 대한 일화 몇 가지」, 83쪽.

33) 『개벽』, 1925. 2.

34) 『현대평론』, 1927. 1.

35) 『조선지광』, 1928. 1.

36) 『조선지광』 63호, 1927. 1. 이 종합 교양지에는 포석이 소개한 작가 이기영이 편집기자로 일하면서 카프계 작가들 작품을 자주 실어주었다.

37) 『조선지광』, 1928. 9.

38) 『개벽』, 1925. 2.

39) 『문예운동』, 1925. 6.

40) 『조선지광』, 1926. 11.

41) 포석의 소개로 1925년부터 『조선지광』 편집부 기자로 일하며 소련 망명 전까지 서너 해 가까이 생활했다는 이기영의 추억담에 의하면, 당시 「저기압」 등에 나타난 여건들은 거의 포석 자신의 처지와 일치하는 듯하다.

42) 『조선지광』, 1936. 11.

43) 김소운, 「포석 조명희」, 『중앙일보』, 1981. 1. 30.

44) 『개벽』, 1926. 6.

45) 같은 책.

46) 『개벽』, 1925. 2.

47) 포석, 「겨울의 서울」, 『조선일보』, 1927. 1. 1.

48) 필자가 2006년 9월 1일 저녁에 김왕규와 통화한 바에 의하면, 한때 포석은 집 앞에 세단을 세워놓고 그에게 강원도의 한 지방 경찰서장으로 나가라는 미나미 총독의 권유도 뿌리치고 마포 염리동에서 소금배를 타고 망명길에 올랐다는 이야기를 어머니 조중숙으로부터 들었다고 말했다.

49) 조벽암, 「그에 대한 일화 몇 가지」, 83쪽.

50) 유민영, 앞의 책, 1996, 738쪽, 739쪽. 그리고 『조선일보』 1927년 1월 27일자 기사에는 이 신연극운동 단체가 그해 2월 초순에 창립총회를 갖는다는 기사가 실려 있다.

51) 이기영, 「추억의 몇 마디」, 1966. 2. 18.

52) 포석이 서울에서 몇 해 팥죽장사를 했던 사실은 위에 든 이기영과 조벽암(『조선문학』, 1962. 7)의 증언 말고도 한설야의 회상기(「포석과 민촌과 나」, 『중앙』, 1936. 6) 등에도 언급되어 있다.

53) 평소 골똘할 때나 무료할 적에 하던 포석의 이 버릇은 조카 조벽암, 「그에 대한 일화 몇 가지」, 83쪽이나 조벽암, 「사색적이며 정열적인 작가 포석 조명희」, 『문학신문』, 1966. 7. 8에도 언급되어 있다.

54) 『동아일보』, 1928. 6. 14~15.

55) 1928년 봄 일본군의 중국 진출을 막기 위해 장제스 국민정부의 북벌군이 북상하자, 자국 거류민을 보호한다는 구실로 중국 청도에 상륙한 일본군이 중국 본토와 그 동북부인 만주와 몽고를 분할하여 지배하고자 현지 주둔 관동군으로 하여금 그해 5월 3일 지난에서 장작림을 폭사시키고 일으킨 사건이다.

56) 일찍이 안동에서 목포로 이주해와서 장성군수와 무안감리를 지내면서 부정축재한 김성규가 목포에 상성(常星) 합명회사를 만들어 장남인 김우진에게 회사 운영을 맡도록 강요했었다.

57) 조명희, 「김수산 군을 회함」, 『조선지광』, 1927. 9.

58) 일찍이 시집 『산제비』 등을 펴내고 광복 후에 월북하여 북한의 애국가를 작사한 시인 박세영은 청년시절부터 건망증이 심해서 경찰서 등에서 고문을 당해도 조직의 비밀을 발설할 염려가 없었음을 이른다.

59) 일설에는 포석이 마포에서 황포돛대 소금배를 타고 망명했다는 추측도 있으나 확인되지 않을뿐더러, 해상경계도 펴고 있던 당시에 돛단배로 먼 바닷길을 항해하기는 불가능했을 것이다.

60) 최 예카테리나, 「작가 조명희의 마지막 시기」, 『고려일보』, 1991. 8. 23.

61) 『선봉』, 1928. 11. 7. 1923년 3월 1일 연해주에서 창간된 한글 신문으로서 후의 『레닌기치』 전신인 만큼 고려인 언론의 상징이었다.

62) 강상호, 「조명희 선생을 회상하며」, 『고려일보』, 1992. 2. 19.

63) 최 예카테리나, 「작가 조명희의 마지막 시기」, 『고려일보』, 1991. 8. 23.

64) 『레닌기치』, 1984. 8. 23. 이 한글신문은 연해주에서 1923년부터 간행되던 『선봉』 신문의 법통을 이어 1937년에 중앙아시아로 강제이주당한 이후 카자흐스탄 크질오르다와 알마타에서 속간되어온 전 소련권의 고려인 신문이다. 요즈음은 『고려일보』란 이름으로 속간되고 있다.

65) 호를 단재로 쓴 신채호(1880~1936)는 충남 태생으로 애국사상가 · 언론인 · 사학자 · 독립운동가이다. 일찍이 『황성신문』, 『대한매일신보』에서 논설위원과 주필을 지내며 항일적인 글을 쓰다가 한일합방 이후 망명하여 중국, 노령 등지에서 독립운동을 했다.

66) 함남 태생인 계봉우(1880~1959)는 고향과 중국 북간도, 노령 연해주 등지에서 교편을 잡고 조선 역사와 한글을 가르치고 많은 저술도 낸 애국지사이다. 3·1운동에 가담하고 상하이 임시정부에서 비서국장과 『독립신문』 기자를 지냈으며, 만년에는 연해주에서 중앙아시아로 강제이주당하여 살았다.

67) '강동 보톨'이란 한반도의 함경도 등에서 두만강을 건너 러시아 연해주 지역에 살면서 돈벌이하는 홀아비들을 지칭한다.

68) 조선아, 「나의 아버지 그리고 나의 삶」, 『동양일보』(청주 소재) 연재 3회분, 1992. 1. 이 수기는 그해 1월 중순부터 2월 상순까지 모두 26회에 걸쳐서 발표되었다.

69) 러시아 말로, 장래 나라나 민족을 이끌어갈 지도자나 동량 같은 인재를 뜻한다.

70) 『선봉』, 1935. 7. 30.

71) 『로력자의 고향』, 제2호, 1937년 머리말. 이 책은 포석의 문학 지도를 받은 연해주 문학도들의 습작품을 모은 두 번째 작품집이다.

72) 조선아, 「나의 아버지 그리고 나의 삶」, 1992, 3회분 말미. 여기에서 '파제유'는 작가 파제예프의 오기임.

73) 슈콜라는 구 소련권 학제 가운데 대학 이전의 과정을 지칭한다. 초 · 중 · 고교 과정을 통합하여 9년제로 이루어져 있다. 그래서 학생들은 흔히 같은 학교 건물에서 거의 10년을 공부하게 되어 있었다.

74) 한설야, 「정열의 시인 조명희」, 『조명희선집』, 소련과학원 동방도서출판사, 1959년, 536쪽.

75) 러시아 태생인 그(1918~83)는 파리 등에서 대작 『그 전 날 밤』, 『첫사랑』, 『아버지와 아들』 등을 잇따라 발표했다.

76) 본디 귀족의 아들로서 농노해방을 주장해온 작가는 장편의 제목부터 1861년 러시아 농노해방의 전야(前夜)를 의미하고 있다. 주인공인 엘레나는 이상주의자 베르세네프와 조각가 슈빈의 구애를 받았으나 결국은 조국해방에 헌신하는 불가리아의 가난한 유학생과 결혼한다는 내용이다.

77) 엔카베테(내무인민위원부 비밀경찰)는 악명 높은 KGB의 전신으로서 요즘 FSB(국가보안국)보다 위세를 떨치던 구소련 기관이었다.

78) 아이훈조약은 근대중국의 아편전쟁, 태평천국의 난 등으로 시달리던 청나라에 러시아가 1858년에 흑룡강 유역의 아이훈에서 회담을 열어 이전의 중국 영토이던 흑룡강 이북의 연해주 땅을 러시아와 공동관리하도록 강제로 체결한 조약이다. 이어서 러시아는 열강 8개국 연합군이 베이징을 침략했을 때 중재해준

대가로 베이징조약(1860. 10)을 맺어 우수리 동쪽의 땅을 완전히 러시아 영토로 만들기에 이르렀다.

79) 『레닌기치』, 1988. 10. 27.

80) 강태수(1908~2001년)는 한글로 글을 쓰는 고려 시인으로서 연해주 하바로프스크에서부터 포석의 문학 지도를 받으며 사제의 관계를 맺어왔다. 이런 사실은 강태수, 「기억의 한 토막」, 『조명희선집』, 소련과학원 동방도서출판사, 1959, 552~562쪽 참조.

81) 이 가사는 카자흐스탄 공화국 알마타대학에서 음악을 강의하는 정추 교수의 노트에서 옮겨 적은 것이다.

82) 조 왈렌티나, 「부친(조명희 작가)에 대한 추억담」, 『레닌기치』, 1990. 11. 8; 조선아, 「나의 아버지 그리고 나의 삶」, 4회분.

83) 이 수인번호는 포석의 유족과 친척이 1992년 5월 하바로프스크 현지에 찾아갔을 적에 기증받은 언론인 겸 역사학자 아 쑤투린의 저서 『하바로프스크 지방의 사건』 중에 게재된 죄수복 사진을 참조한 것이다. 이 사진은 카자흐스탄의 『레닌기치』와 청주의 『동양일보』에도 소개된 바 있다.

84) 조벽암, 「나의 수업시대」, 『동아일보』, 1937. 8. 20.

85) 같은 글.

86) 조선아, 「나의 아버지 그리고 나의 삶」, 제8회분.

87) 같은 글, 13회분.

88) 이기영, 「포석 조명희에 대하여」, 『조명희선집』, 소련과학원 동방도서출판사, 1959, 524쪽.

89) 조선아, 「나의 아버지 그리고 나의 삶」, 제16회분.

90) 1918년 연해주 태생인 정상진은 현재 알마타의 원로 평론가인데 학생 때 해삼위(블라디보스토크)에서 가끔 포석의 강연을

들은 바 있다고 필자에게 증언했다. 그는 해방 직후 평양에 가서 정율이란 이름으로 문화선전성 부상직과 문예총 부위원장 일을 맡은 바 있다.

91) 정상진, 『아무르만에서 부르는 백조의 노래』, 지식산업사, 2005, 190쪽.

92) 이명재 편저, 『소련지역의 한글문학』, 국학자료원, 2002; 김필영, 『소비에트 중앙아시아 고려인 문학사』, 강남대학교출판부, 2004.

93) 한글로 된 해당 작품집에는 『조선시집』(1958), 『시월의 해빛』(1971), 『씨르다리아의 곡조』(1975), 『해바라기』(1982), 『행복의 고향』(1988), 『꽃피는 땅』(1988), 『오늘의 빛』(1990)이 있다.

94) 이명재, 「북한문학에 끼친 소련문학의 영향」, 『語文硏究』 116호, 2002 겨울호.

95) 1913년 러시아 연해주 태생으로 중앙아시아로 강제이주당한 후에는 고려사범대학에서 강의하고, 한글신문 『레닌기치』 문예부장을 지냈다. 조국 광복 후 북한에 들어와서 장시 『두만강』·『백두산』 등을 발표하고 작가동맹위원장으로 일하다, 1951년 7월 미군 폭격으로 평양에서 작고했다.

96) 전동혁 시인 역시 연해주에서 태어나서 한글신문(『선봉』, 『레닌기치』)에 한글 시를 발표하며 신문사 문예부에서 일했다. 조국 광복 후 평양에 들어와 북한 외무성에서 근무하고, 나중에 카자흐스탄으로 돌아가 언론계에 종사하며 러시아 시집과 희곡집 등을 번역했다.

97) 최인훈, 『화두』 상권 서두, 문이재, 2002.

98) 이런 사실은 김왕규와의 통화(2006. 9. 16 저녁)에서 참고한 내용이다. 또한 필자가 수차 시도한 김문규·김만규와의 통화

(2006. 9. 16 저녁, 2007. 7. 1. 정오)는 전화번호 착오로 이루어지지 못했다.

99) 조중숙, 「우리 아버지 포석」, 『뒷목문학』 제19집, 1990, 192쪽, 193쪽 참조.

100) 한설야, 「포석과 민촌과 나」, 『중앙』, 1936. 2, 55쪽.

101) 조성호, 「하바로프스크의 민들레」, 『재생인생』, 푸른나라, 1999, 253~258쪽.

102) 필자가 2007. 6. 30 정오에 실천문학사 박문수 주간에게 확인한바, 2006년 8월 러시아 현장에서 이루어진 조명희문학비 제막식에는 문인 박완서 · 민영 · 김영현 · 고명철 등과 포석의 외손자 김왕규 내외 및 현지 영사와 대학총장 등도 참석했다.

참고문헌

『낙동강』, 백악출판사, 1928. 4. 20.
『낙동강』, 건설출판사, 1946. 5. 3.
『조명희선집』, 소련과학원, 1959. 12. 10.
『낙동강』, 슬기출판사, 1987. 9. 15.
『조명희선집—낙동강』, 임헌영 책임편집, 풀빛출판사, 1988. 11. 15.
『포석 조명희전집』, 동양일보사, 1994. 12. 10.
『조명희』, 정덕준 엮음, 작가론 총서, 새미, 1999.
『낙동강(외)』, 이명재 책임편집, 범우사, 2004. 9. 1.

「소련 망명 카프문학지도자 조명희」, 『동아일보』, 1970. 5. 1.
「쏘베트 조선문학의 걸출한 작가, 조명희 출생 일주년을 즈음하여」, 『레닌기치』, 1984. 8.
「작가 조명희 소련에서의 사망」, 『중앙일보』, 1987. 7. 11.
김재근, 「작가의 땅—조명희의 「낙동강」」, 『대전일보』, 1987. 12. 2.
최 예카테리나, 「작가의 부인」, 『레닌기치』, 1988. 11. 24.
「조명희 선생의 문학유산 상설전람회 개막식」, 『레닌기치』, 1988. 12. 14.
「소련 조명희 문학기념관 세워」, 『한겨레신문』, 1989. 1. 31.

이경철, 「조명희 재조명 작업 활발」, 『중앙일보』, 1989. 8. 9.
리 월로리, 「조명희 작가의 탄생일 기념야회」, 『레닌기치』, 1990. 1. 6.
「특집—민족문학의 선구자 포석 조명희」, 『뒷목문학』 19집, 1990. 4.
양원식, 「조명희 선생에 대한 몇 가지 새로운 자료」, 『레닌기치』, 1990. 4. 4.
떼 심비르체바, 「잃어버린 원고를 찾아서」, 『소련여성』, 1990. 10.
아 쑤투린, 「귀환」, 『고려일보』, 알마타, 1991. 8. 23.
「문학기행—포석 조명희」, 『동양일보』, 1991. 12. 31~1992. 3. 13.
「조선아의 수기—나의 아버지 그리고 나의 삶」, 『동양일보』, 1992. 1. 4~2. 21.
「타슈켄트에서 「조명희 거리」 명명식」, 『동양일보』, 1992. 5. 31.
진천문화원 · 포석회, 『포석 조명희』, 동양일보사, 2004.
김호(김 보리스 와시레위츠), 「내가 만난 조명희」(1988. 12. 4), 『고려문화』 창간호, 2006.

KBS 2TV, 「고전백선—「낙동강」」, 김윤식 사회, 1987. 5. 28.
SBS TV, 「창사특집—카레이츠의 딸」, 1991. 12. 16~17.
KBS 1TV, 「5시 내고향—조명희 문학제」, 1994. 9. 12.
KBS 1TV, 「안드레이의 문학기행—포석 조명희」, 1994. 11. 1.

조명희 연보

1894년(1세)	충북 진천읍 벽암리에서 조병행과 연일 정씨의 육남매 중 막내아들로 태어나 부모 슬하에서 자람. 자(字)는 경덕(景德), 애칭은 칠석. 족보와 호적명은 명희(明熙).
1898년(5세)	구한말의 관직에서 물러난 사대부로서 낙향생활을 하던 부친 별세. 농촌에서 자모의 사랑과 맏형 등의 가르침을 받음.
1906년(13세)	서당을 그만두고 신설된 사립 문명학교(현 상산초교)에 입학함. 성공회에 다님.
1907년(14세)	고향에서 중매로 충청도 여흥 민씨(閔植)와 혼인.
1911년(18세)	서울 중앙고등보통학교에 진학하여 신학문을 익힘.
1914년(21세)	고보 재학 중 베이징 무관학교에 입교차 가출했다가 평양에서 돌아옴. 이후 시골집에서 지냄.
1915년(22세)	벽암리에서 장녀(중숙) 태어남. 이 무렵 동서양 문학작품을 탐독함. 성공회에서 세운 신명학교에서 수년 동안 교편을 잡음. 이 무렵 아호를 포석(包石)이라고 지어 씀.
1919년(26세)	진천에서 3·1만세운동에 가담했다는 혐의로 구속

되어 여러 달 고생하다가 풀려남. 일본으로 건너가 도요대학 인도철학윤리학과에 입학.

1920년(27세) 도쿄에서 고학하며 유학생 김우진 등과 더불어 극예술협회를 창립. 이 무렵 목성(木星)이란 아호도 썼음. 벽암리에서 차녀(중남) 태어남.

1921년(28세) 첫 작품으로 희곡 「김영일의 사」를 발표. 유학생 중심의 동우회 회원들과 방학 중 위 작품으로 전국을 순회하며 번역극의 주연도 맡아서 활동했음.

1923년(30세) 희곡집 『김영일의 사』를 동양서원에서 출판. 경제 사정으로 인해 대학졸업 전에 귀국. 진천 본가에서 칩거하며 독서와 사색으로 소일.

1924년(31세) 상경하여 전전하다 『조선일보』 기자로 일하고, 노적(蘆笛—笛蘆는 착오)이란 아호로 시집 『봄 잔디밭 위에』를 출간. 투르게네프의 장편소설 『그 전날 밤』을 번역, 『조선일보』에 연재. 장남(중락) 태어남.

1925년(32세) 『개벽』에 첫 단편 「땅속으로」를 발표. 이때부터 호나 필명을 이전과 다른 포석(抱石)으로 사용. 카프 결성 때 창립회원으로 가입하여 활동함.

1926년(33세) 창작에 매진하는 한편 김우진에게서 자금을 얻어 몇 달 팥죽장사를 했으나 실패. 일경의 감시와 심한 불면증에 시달림.

1927년(34세) 연극단체 불개미 극단을 조직, 발족시킴. 『조선지광』에 대표작 「낙동강」을 발표하여 명성을 얻음. 차남(중윤) 태어남.

1928년(35세) 창작집 『낙동강』을 백악출판사에서 발간. 이 책과 이기영의 창작집 『민촌』의 공동출판기념회를 동료 작가들이 서울 청량사에서 열어줌. 여름에 소련으로 망명, 연해주의 신한촌 등에서 지냄. 산문시 「짓밟힌 고려」를 발표. 소련에서는 새로 '조생'이란 필명을 사용함.

1929년(36세) 연해주 고려인 마을 육성촌 등에서 거주하며 『선봉』에 시를 기고하며 장편 『붉은 깃발 아래서』를 집필. 진천서 모친 연일 정씨 별세.

1930년(37세) 조선인 육성촌 벼재배 전문 농민학교에서 조선어 교사로 있으면서 문예를 지도함.

1931년(38세) 동료 교사 황명희(마리아)와 재혼. 우스리스크로 이사하여 조선사범전문학교에서 조선어문학을 강의함.

1932년(39세) 황명희와의 사이에 장녀 선아(조 왈렌티나 명희예브나) 태어남.

1933년(40세) 장남 선인(조 미하일 명희예비치) 태어남.

1934년(41세) 작가 파제예프 추천으로 소련작가동맹 맹원으로 가입. 연해주의 한글신문 『선봉』의 문예면 편집을 자문함.

1935년(42세) 하바로프스크로 이사. 작가의 집(콤소몰스카야 52번지)에 살면서 조선사범대학의 교수로 재직.

1936년(43세) 소련작가동맹 원동지부에서 간사로 활동함. 『선봉』 신문에 문예란을 만들고, 그곳 한글문학 작품집 『로력자의 조국』 주필로서 고려인 문학 건설에 이바지함.

1937년(44세) 장편소설 『만주 빨치산』 집필 도중 소련 내무인민위원회(NKVD) 기관원에 연행됨. 가족은 중앙아시아로 강제이주됨. 차남(조 블라디미르 명희예비치) 태어남.

1938년(45세) 소련 당국으로부터 일제의 첩자라는 죄목으로 사형선고를 받고 하바로프스크 현지 주르사 감옥에서 처형당함.

1956년 7월 20일, 스탈린 사후 소련 극동군관구 군법회의는 1938년 4월 15일의 결정을 파기, 무혐의로 처리하고 조명희를 복권시킴.

1959년 12월 10일, 조명희문학유산위원회에서 편찬한 『조명희선집』이 소련과학원 동방도서출판사에서 양장본으로 출간됨.

1988년 12월 10일, 우즈베키스탄 타슈켄트의 나보이 문학박물관에 '조명희기념실'을 엶.

1994년 9월 10일, 진천에서 '탄생 100주년 기념 포석 조명희문학제'가 열리고 생가 터에 표지비를 세움(이후 진천읍 입구 공원에 여러 문학비도 세워졌음).

2003년 5월 이후, 중국 조선족 자치주에서 해마다 '연변포석조명희문학제'를 엶.

2006년 8월, 러시아 연해주 블라디보스토크 소재 극동대학교 한국학대학 교정에 '포석 조명희문학비'가 세워짐.

작품목록

제목	게재지 · 출판사	연도
■ 소설		
땅속으로	개벽(56~57호)	1925. 2
R군에게	개벽(66호)	1926. 2
마음을 갈아먹는 사람들	미확인	미확인
저기압	조선지광(61호)	1926. 11
농촌의 사람들	현대평론	1927. 1
새거지	조선지광(63호)	1927. 1
동지	조선지광(65호)	1927. 3
한 여름밤	조선지광(67호)	1927. 5
낙동강	조선지광(69호)	1927. 7
춘섬이	조선지광(75호)	1928. 1
이쁜이와 용이	동아일보	1928. 2. 7
낙동강(창작집)	백악출판사	1928. 4
아들의 마음	조선지광(80호)	1928. 9
붉은 깃발 아래서(장편, 일실 유고)		1928

만주 빨치산(장편, 일실 유고)		1939
그 전날 밤(투르게네프 원작 번역)		
	조선일보	1924. 8. 4~10. 20
그 전날 밤(번역소설)	박문서관	1925. 7

■ 시

내 영혼의 한쪽 기행	동명(32호)	1923. 4
아침	동명(32호)	1923. 4
경이	폐허이후(임시호)	1924. 1
영원의 애소	폐허이후(임시호)	1924. 1
무제	폐허이후(임시호)	1924. 1
고독자	폐허이후(임시호)	1924. 1
봄 잔디밭 위에	개벽(46호)	1924. 3
내 못 견데여 하노라	개벽(46호)	1924. 3
봄 잔디밭 위에	춘추각	1924
성숙의 축복	춘추각	1924
경이	춘추각	1924
무제	춘추각	1924
봄	춘추각	1924
정	춘추각	1924
내 못견데여 하노라	춘추각	1924
인간초상찬	춘추각	1924
달좇차	춘추각	1924
동무여	춘추각	1924
새 봄	춘추각	1924

불비를 주소서	춘추각	1924
감격의 회상	춘추각	1924
떨어지는 가을	춘추각	1924
고독자	춘추각	1924
누구를 차저	춘추각	1924
아츰	춘추각	1924
나의 고향이	춘추각	1924
인연	춘추각	1924
나그네의 길	춘추각	1924
고독의 가을	춘추각	1924
별밋흐로	춘추각	1924
루의 신이여	춘추각	1924
한숨	춘추각	1924
어린아기	춘추각	1924
생명의 수레	춘추각	1924
생의 광무	춘추각	1924
닭의 소리	춘추각	1924
혈면명음	춘추각	1924
하야곡	춘추각	1924
태양이여! 생명이여!	춘추각	1924
알 수 업는 기원	춘추각	1924
매육점에서	춘추각	1924
불사의의 생명의 미소	춘추각	1924
내 영혼의 한 쪽 기행	춘추각	1924
분열의 고	춘추각	1924
눈	춘추각	1924

나	춘추각	1924
스핑스의 비애	춘추각	1924
고뇌	춘추각	1924
엇던 동무	춘추각	1924
원숭이가 색기를 나앗슴니다	춘추각	1924
영원의 애소	춘추각	1924
단장	매일신보	1924. 11. 30
기억하느냐	시대일보	1924. 12. 8
가을	시대일보	1924. 12. 8
어둠의 검에게 바치는 서곡	개벽(58호)	1925. 4
온 저잣 사람이	개벽(58호)	1925. 4
바둑이는 거짓이 업나니	개벽(61호)	1925. 7
어린아기	개벽(61호)	1925. 7
나에게—반성의 낙원을 다고	개벽(62호)	1925. 8
세 식구	개벽(62호)	1925. 8
농촌의 시	문예운동(창간 1호)	1926. 2
짓밟힌 고려	선봉	1928. 11. 7
해삼위에 와서	선봉	1928. 11. 7
10월의 노래	선봉	1930. 11. 7
볼쉐비크의 봄	선봉	1931. 3. 25
녀자 공격대	선봉	1931. 4. 4
맹서하고 나아서자	선봉	1934. 6. 3
'오일' 시위운동장에서	선봉	1934. 6. 3
아우 채옥에게	선봉	1935. 3. 8
까드르여, 너희의 짐이 크다	선봉	1935. 6. 30

아무르를 보고서(1937년작 유고)

	레닌기치	1988. 10. 27
공장(1937년작 유고)	레닌기치	1988. 10. 27

■ 수필

집 없는 나그네의 무리	개벽(45호)	1924
양춘의 감회—고향의 봄	신여성	1925. 4
생명의 고갈	시대일보	1925. 7. 1
단문 몇	문예운동(2호)	1926. 5. 1
느껴본 일 몇 가지	개벽(70호)	1926. 6
직업·노동·문예작품	중외일보	1926. 12. 1~2
겨울의 서울	조선일보	1927. 1. 1
문단만어	문예운동(3호)	1927. 1
생활기록의 단편	조선지광(65호)	1927. 3
여름밤 뜬생각	조선지광(70호)	1927. 8
조선의 가을	조선지광(71호)	1927. 9
김수산군을 회함	조선지광(71호)	1927. 9
단상 수편(1~4)	동아일보	1928. 4. 1
봄길	동아일보	1928. 4. 1
박군의 로맨스	동아일보	1928. 4. 1
녹음이로구나	동아일보	1928. 6
서푼짜리원고상 폐업(1~3)	동아일보	1928. 6. 10~12
잡문수제—발표된 습작작품	동아일보	1928. 6. 13
잠 못 이루던 밤	동아일보	1928. 6. 14~15
잡문수제—문단양몰	동아일보	1928. 6. 25
젊은 작가에게(서간문)		1937. 5. 15

■ 평론

명년도 문단에 대한 희망과 예상	매일신보	1924. 12. 14
나는 이렇게 생각한다	개벽(60호)	1924. 6
힘의 예술을, 힘의 예술가를	조선지광(63호)	1927. 1
아동문예를 낳자	선봉(21호)	1935. 3. 18~21
조선의 노래들을 개혁하자	선봉	1935. 7. 30~8. 3
'로력자의 고향'에 실린 시들에 대하여	로력자의 조국(2호)	1937
시 '씨비리아 철도행'에 대하여	로력자의 조국(2호)	1937
소품일편	로력자의 조국(2호 머리말)	1937

■ 희곡

김영일의 사	동양서원	1923. 2
파사	개벽(41~42호)	1923. 11. 1~12

■ 동요

야장의 아들	선봉신문	1935. 3. 21
전봇대	선봉신문	1939. 3. 18
달아나기	선봉신문	1939. 3. 18
연필침	선봉신문	1939. 3. 18

새들의 회의	레닌기치	1984. 8. 10
어린 두 나무꾼	레닌기치	1984. 8. 10
눈싸움	레닌기치	1988. 10. 27
샘물	레닌기치	1988. 10. 27

■ 동화극

봄나라	레닌기치	1987. 1. 8

* 조명희·김호준 합작

※ 포석 스스로 적지 않은 관심을 보였던 아동문학 작품은 그 창작 여부가 확인되지는 않았다. 다만 포석이 육성촌 등에서 어린 학생들에게 한글과 문학을 손수 가르칠 때 예문으로 들었던 만큼 소련 망명 이후 창작했을 것으로 짐작된다. 이 동요들은 그의 제자인 최금순 등이 수습하여 조명희 복권 이후 일부를 『레닌기치』 1984년 8월 10일 및 1988년 10월 27일자에 발표했던 것들이다. 또 동화극 『봄나라』는 소련 망명 중 동료 음악 교사와 함께 지은 학예회 공연 극본으로서, 유고로 전해오다 제자에 의해 공표된 것이다. 아동문학에 대한 평론으로도 주목받았던 포석의 아동물로서 중요시된다.

연구서지

단행본

고송무, 『쏘련의 한인들』, 이론과실천사, 1990. 2.

김필영, 『소비에트 중앙아시아 고려인문학사—1937~1991』, 강남대학교출판부, 2004.

朴泰遠 외, 북한문학전집 편찬우 엮음, 『拉北 在北作家 17인선—北韓文學全集』 1~16, 서음미디어, 2005.

백 철, 『신문학사조사』, 신구문화사, 1957.

우정권 편저, 『조명희와 『선봉』—망명 작가 조명희가 연해주에서 부른 조선의 노래』, 역락, 2005.

유럽사회문화연구소 엮음, 『한국문학의 해외수용과 연구현황』, 연세대학교출판부, 2005.

유민영, 『개화기 연극사연구』, 새문사, 1987.

______, 『윤심덕 평전』, 안암문화사, 1984.

______, 『한국근대연극사』, 단국대학교출판부, 1996.

______, 『한국현대희곡사』, 홍성사, 1982.

이두현, 『한국신극사연구』, 서울대학교출판부, 1966.

이명재, 『소련지역의 한글문학』, 국학자료원, 2002.

이명재 외, 『억압과 망각, 그리고 디아스포라』, 한국문화사, 2004.
장사선 · 우정권, 『고려인 디아스포라문학연구』, 월인, 2005.
정상진, 『아무르만에서 부르는 백조의 노래』, 지식산업사, 2005.

논문 · 평론

강찬모, 「포석 조명희 시에 나타난 고아의식 소고」, 『새국어교육』 72호, 한국국어교육학회, 2006.
강태수, 「기억의 한 토막」, 『문학신문』, 평양, 1959. 5. 7(『조명희선집』, 모스크바, 1959. 12. 10에 재수록).
고선아, 「조명희 문학연구」, 중앙대 석사학위논문, 1992.
고송무, 「조명희와 쏘련 한인문학」, 『구주신문』, 서독, 1987. 4. 20.
______, 「재소 한인문학사의 거봉 조명희를 재조명한다」, 『한국일보』 구주판, 1989. 8. 27.
______, 「소련 속 한인들, 말 · 문학 · 문화」, 『한겨레』, 1989. 9. 6.
권구현, 「포석군의 직업, 노동, 문예작품을 읽고」, 『동아일보』, 1926. 12. 10~12.
권순렬, 「조명희의 「낙동강」에 대하여 신화비평적 접근」, 『인문과학연구』 11, 조선대 인문과학연구소, 1989.
김기진, 「나의 회고록」, 『한국문단사』, 삼문사, 1982.
______, 「문예월평」, 『조선지광』, 1926. 12.
______, 「시감 2편」, 『조선지광』, 1927. 8.
______, 「신춘문단 총관」, 『개벽』, 1925. 5.
______, 「현 시단의 시인」, 『개벽』, 1925. 3.
김상일, 「조명희와 민족문학의 성립」, 『실천문학』, 1989 가을호.
김성수, 「소련에서의 조명희」, 『창작과 비평』, 1989 여름호.

______, 「목적의식론과 「낙동강」」, 『성대문학』 25, 성균관대 국어국문학과, 1987.
김소운, 「비규격의 떠돌이 인생—포석 조명희」, 『중앙일보』, 1981. 1. 30~2. 2.
김시태, 「조명희 소설 연구」, 정덕준 엮음, 『조명희』, 새미, 1999.
김안서, 「시단 산책」, 『개벽』, 1924. 4.
김열규, 「조명희 문학에 나타난 「소비에트 모국관」」, 『전망』, 1993. 3.
김재하, 「포석 조명희의 소설 연구」, 『조선문학』, 평양, 1956. 9.
김재홍, 「「낙동강」과 「짓밟힌 고려」의 한 고찰」, 『한국학연구』, 인하대 한국학연구소, 1989.
______, 「프로문학의 선구 실종문인, 조명희」, 『한국문학』, 1989. 1.
김형수, 「포석 조명희 문학연구」, 서울대 석사학위논문, 1989.
김홍섭, 「조명희 단편소설 연구」, 『청년문학』, 평양, 1967. 9.
김홍식, 「조명희 연구 I」, 『인문학연구』 20집, 중앙대, 1993.
______, 「포석 조명희의 생애와 문학」, 『덕성어문학』 6, 덕성여대 국문과, 1989.
______, 「조명희의 문학과 아나키즘 체험」, 『어문논집』 26집, 중앙대, 1998.
류덕재, 「조명희 문학에 나타난 작가 의식 연구—식민지 조선의 계급적, 민족적 현실 인식을 중심으로」, 『문학과 언어』 12호, 1991. 10.
류촌학인, 「포석의 「낙동강」 목적의식의 방향」, 『조선일보』, 1929. 10. 6.
리상태, 「조명희의 창작과정과 그 특성에 대하여」, 『현대작가론』 1, 평양: 조선작가동맹출판사, 1961.
민병기, 「포석 조명희 연구」, 『사림어문학』 6, 창원대학 국어국문학회, 1989.
______, 「조명희론」, 『현대문학』, 1989. 7.
______, 「망명 작가 조명희론」, 『비평문학』, 1989. 8.
______, 「조명희의 현대적 의미」, 『사림어문』, 창원대, 2002.
민병휘, 「포석과 서해」, 『삼천리』, 1935. 1.
박성모, 「조명희 소설의 현실주의적 성격연구」, 수원대 석사학위논문, 1992.
박애경, 「신경향파 소설에 나타난 저항의지 연구—최서해 · 조명희 · 주요섭의 작품을 중심으로」, 경희대 교육대학원 석사학위논문, 2005.
박영희, 「초창기 문단측면사」, 『한국문단사』, 삼문사, 1982.
박인식, 「조명희 희곡연구」, 『공주사대 논문』, 1982.
박정혜, 「포석 조명희 소고」, 『성신어문학』 4, 성신어문학연구회, 1991.
박창복, 「단상—서정적 묘사」, 『문학신문』, 평양, 1966. 2. 18.
박혜경, 「조명희론」, 『한국현대시인연구』, 태학사, 1989.
변정화, 「포석 조명희의 '낙동강' 고」, 『청파문학』 16, 숙명여대 국문과, 1990.
송재일, 「조명희의 「파사」고」, 『한국언어문학』 27집, 한국어문학회, 1989. 5.
신독룡, 「포석 조명희론—장르전환 이후의 성과와 한계」, 『민족문화예술연구소논문집』 2집, 광주대, 1993.
신춘호, 「조명희 소설론」, 『학술지—인문 · 사회과학편』 34호, 건국대, 1990.
양원식, 「중아시아, 카자흐스탄 고려인 문학이 걸어온 길」, 『한국문학평론』 제9권 제1호 통권 제29호, 국학자료원, 2005.

우찬제, 「낭만적 상실과 현실적 반항의 시학—1920년대 조명희 시의 변모 양상 考」, 『민족과 문학』, 1989 겨울호.
유종호, 「「봉선화」와 「낙동강」」, 『현대문학』, 1993. 7.
이강옥, 「조명희의 작품세계와 그 변모과정」, 『한국근대리얼리즘작가연구』, 문학과지성사, 1988.
이기영, 「조명희 동지를 추억함」, 『조선문학』, 1962. 7.
______, 「추억의 몇 마디」, 『문학신문』, 1966. 2. 18.
______, 「포석 조명희에 대하여」, 평양, 1957. 1, 『선집』, 모스크바, 1959. 12. 10.
______, 「포석 조명희에 대한 일화」, 『청년문학』, 1966. 9.
______, 「한설야와 나」, 『조선문학』, 평양, 1960. 8.
______, 「포석 조명희론—그의 저 「낙동강」 재간에 대하여」, 『중외일보』, 1946. 5. 28~29.
이명재, 「국외 한글문학의 실체연구—구소련의 고려인문단을 중심으로」, 『인문학연구』, 중앙대, 2002.
______, 「북한문학에 끼친 소련문학의 영향」, 『어문연구』, 2002 겨울호.
______, 「조명희와 소련지역 한글문단」, 이명재 외, 『억압과 망각, 그리고 디아스포라』, 한국문화사, 2004.
______, 「포석 조명희 연구—조명희와 소련지역 한글문단」, 『국제한인문학연구』 제1호, 국제한인문학회, 2004.
이상원, 「낭만적 몽상과 이념적 열망」, 『겨레문학』, 1989 가을호.
______, 「조명희론」, 『율산어문논집』 4호, 1988.
이선옥, 「조명희 작품연구」, 숙명여대 석사학위논문, 1990.
이영석, 「1920년대 희곡의 계몽적 담화구성에 관한 연구」, 서울대 석사학위논문, 2002.

이인나, 「조명희 문학 연구」, 서울대 석사학위논문, 2006.
이은경, 「조명희 희곡연구」, 『어문논총』, 숙명여대 한국어문학 연구소, 1991. 2.
이진응, 「포석 조명희 문학의 민족의식 연구」, 단국대 교육대학원 석사학위논문, 2004.
이정숙, 「조명희소설을 통해 본 내면생활 고찰—망명동기를 중심으로」, 『동아시아연구』 제2집, 한성대, 2002.
이회성, 「「R君에게」에 붙여서」, 『역사비판』 4, 도쿄, 1987. 3. 1.
임헌영, 「조명희론」, 『조명희선집』, 풀빛, 1988.
______, 「분단으로 매몰된 문학인」, 『분단시대』 4, 학민사, 1988.
임 화, 「단행본 『낙동강』의 「중간사」」, 건설출판사, 1946.
______, 「조선신문학사론 서설」, 『조선중앙일보』, 1935. 10. 9~11. 18.
장사선 · 우정권, 「조명희의 연해주에서의 문학활동에 관한 연구」, 『우리말글』 제33집, 우리말글학회, 2005. 4.
장 실, 「러시아에 뿌리내린 우리문학」, 『문예중앙』, 1996 봄호.
장양수, 「조명희 단편 「낙동강」의 프로문학적 성격」, 『한국문학논총』 14, 한국문학회, 1933.
정덕준, 「포석 조명희의 현실인식—「김영일의 사」, 「파사」를 중심으로」, 『고대어문논집』, 1981.
______, 「「낙동강」의 구조, 시간 양상」, 『한림어문학』 제1집, 한림대 국문과, 1994.
______, 「조명희 소설의 시간, 시간의식」, 『성곡논총』 제25집, 1994.
정상진, 「조명희부터 김아나톨리까지 소련고려인문단을 회고하면서」, 『한길문학』 12호.
조벽암, 「나를 문학으로 이끌어준 이들」, 『조선문학전집』 9, 평양,

1960. 5. 20.
______, 「사색적이며 정열적인 작가 조명희」, 『문학신문』, 평양, 1966. 7. 8.
______, 「나의 수업시대」, 『동아일보』, 1937. 8 19~21.
조선아, 「부친(조명희 작가)에 대한 추억담」, 『레닌기치』, 알마타, 1990. 11. 8.
조성호, 「망명작가 조명희의 발자취를 따라서」, 『뒷목문학』 22집, 1973. 5.
조중곤, 「「낙동강」과 제 2기적 작품」, 『조선지광』, 1927. 10.
채수영, 「조명희 시 연구」, 『시와비평』 1990 봄호(『해금시인의 정신지리』, 느티나무, 1991. 1에 재수록).
최금순, 「작가 조명희의 마지막 시기」, 『고려일보』, 1991. 8. 23.
______, 「작가의 부인」, 『레닌기치』, 1988. 11. 24.
______, 「선생을 회상하면서」, 『레닌기치』, 알마타, 1984. 8. 10.
한설야, 「정열의 시인 조명희」(1957. 8), 『선집』, 1959. 12. 10.
______, 「포석과 민촌과 나」, 『중앙』, 1936. 6.
황동민, 「작가 조명희의 발표되지 않은 작품들에 대하여」, 『레닌기치』, 1984. 8. 10.
Skvortsova Ekaterina, 「조명희 문학 연구」, 배재대 석사학위논문, 2005.

이명재李明宰 중앙대학교를 졸업하고, 경희대학교 대학원에서 문학박사학위를 받았다. 러시아 극동대학과 미국 하와이대학 초빙교수, 중앙대 문과대학 교수 및 학장을 거쳐 현재 중앙대학교 명예교수이다. 국제한인문학회, 우리문학회 회장을 지냈다.
『동아일보』 신춘문예에 당선되어 문학평론가로 활동하고 있으며, 저서에 『현대한국문학론』(1982), 『북한문학사전』(1995), 『소련지역의 한글문학』(2002) 등 다수가 있다.